Bibliografische Information der deutschen Nationalbibliothek:
Die deutsche Nationalbibliothek verzeichnet diese Publikation in der deutschen Nationalbibliografie, detaillierte bibliographische Daten sind im Internet unter dnb.dnb.de abrufbar.

TWENTYSIX
Eine Marke der Books on Demand GmbH

Herstellung und Verlag:
BoD – Books on Demand, Norderstedt

© 2021 Sylvi Amthor
Bearbeitete Auflage
E-Mail: sylvi.amthor@gmail.com

Titelbild: Yona Dillmaier, Lisa Pilotek

Schriften:
Cambria, Garamond Bold

ISBN 9783740782559

Für Klio und Kalliope in Sneakers und Löcherjeans

Wenn ich früher von Musen gelesen habe, hatte ich stets das Bild vor Augen von holden, ätherischen jungen Mädchen, mit wallendem Lockenhaar, in zarte, fließende Gewänder gehüllt, deren Anblick Künstler gesetzteren Alters in Entzücken versetzte und bei ihnen einen kreativen oder intellektuellen Speichelfluss aktivierte.

Doch das muss ich noch einmal überdenken, denn auch ich habe mittlerweile zwei Musen. Eine davon hat tatsächlich wallendes Lockenhaar. Dafür ist die andere männlich und taucht bei mir zuweilen mit Drei-Tage-Stoppelbart auf. Aber bei jeder Unterhaltung mit den beiden sprießen die Ideen, fliegen wie Ping-Pong-Bälle von einem zum anderen, wechseln dabei im Fahrtwind ihre Gestalt, als ob sie aus flüssigem, buntem Marmor bestünden. Die beiden sind aber alles andere als sanfte, ätherische Wesen. Zuweilen streiten sie heftig mit mir, beharren hartnäckig auf ihrer Sichtweise und stampfen selbst hart erarbeitete Ideen von mir gnadenlos in Grund und Boden, wenn sie ihnen nicht gefallen.

Und das ist ganz wunderbar. Denn ohne die beiden würde ich als Selfpublisher bald zu den einsiedlerischen Schreiberlingen gehören, die im stillen Kämmerlein ihr eigenes Süppchen kochen, das zunehmend fader schmeckt. Die beiden bringen Würze in meine Wort-Suppe, warten mit neuen Zutaten auf, schütten sie bisweilen auch knallhart in den Abguss und setzen eine neue an. Sie sind eindeutig meine Musen. Und ich komme nicht umhin, mir einzugestehen: irgendwo in mir setzt tatsächlich ein imaginärer Speichelfluss ein, wenn sie ihren Besuch anmelden, meine beiden Musen

LISA und **YONA**.

Sylvi Amthor

Dornröschen is Calling

Märchengeschichten für Erwachsene

Liebe Leserin, lieber Leser,

lugt hinter deiner Schulter auch manchmal ein vorwitziger Kobold hervor? Oder ein weiser Yoda? Schlummern in dir kleine Geschöpfe, lustige, freche, kreative, frivole, aber auch tiefschürfende, die sich plötzlich quietschfidel mitten im Alltag hervorschummeln? Wenn ja, dann ist dieses Buch genau für dich gemacht!

Die Geschichten darin sind aber noch von anderen Quellen gespeist. Von den nebelhaften Ahnungen des kleinen Mädchens, das ehrwürdige, kunstvoll bebilderte Märchenbücher verschlang und alte, wundervoll besprochene Langspielplatten hörte. Von der jungen Erzieherin, die mit ihrer Gruppe die zauberhafte Atmosphäre beim Vorlesen der Märchen verspürte. Von der erwachsenen Frau, die Fachliteratur über Märchen las und die viele Jahre später den leisen Gedanken des Kindes Substanz verschaffte.

Eigentlich sollten alle Geschichten ursprünglich denselben Stil haben. Doch manche der alten, aber quicklebendigen Figuren waren äußerst eigenwillig. Sie verweigerten sich massiv und wollten sich partout nicht in meine vorgegebene Form pressen lassen. Nach der dritten oder vierten misslungenen Version unterwarf ich mich ihnen zähneknirschend und siehe da: Plötzlich war ihre Geschichte, das Stück oder das Gedicht da. Und ihre Botschaft entstand aus der Liaison ihres Charakters und meiner Gedanken.

Ich wünsche dir beim Lesen die ganze Palette an Gefühlen, die die Märchenwelt hervorrufen kann: vor allem viel Vergnügen, aber auch ein wenig Unbehagen, Abneigung, Schmerz, Trauer, Mitgefühl, Grauen, Prickeln, Widerwillen, vielleicht ein Quäntchen Schadenfreude und Boshaftigkeit.

Ach übrigens, falls jemand es als despektierlich empfindet, mit den alten, ehrwürdigen Märchen so umzugehen: es ist alles andere als das. Im Gegenteil, es entsprießt der Freude an ihnen. Die hat vermutlich auch schon Otto Waalkes vor vielen, vielen Jahren verspürt, als er kalauerte: „Hänsenen und Gretenen rücksrödeldigak in de Gehölzenen." Oder Michael Ende, als er dichtete: „Hänsel und Knödel, die gingen in den Wald..." Und Greno und Howard, als sie Rapunzel ‚neu verföhnten'. Da fühle ich mich doch in recht passabler Gesellschaft :)

Es grüßt dich herzlich

Sylvi Amthor

Wie es weiterging:

Es wäre gut, die Märchen noch halbwegs in Erinnerung zu haben.
Oder eben mal zu googeln. Oder hier nachzusehen:
Die alten Märchen in Kurzform 186

Rotkäppchen auf der Stube	9
Die Prinzessin und die Erbse	13
Memoiren eines Schnüfflers – Schneewittchen	23
Schwesterchen und das tolle Brüderchen	30
Rapunzel und ihre Kinder	33
Frau Holle in Hollywood	41
Warum die kleine Meerjungfrau an einer spiritistischen Sitzung teilnahm	53
Das tapfere Schneiderlein im Dschungelcamp	75
Hans ist glücklich	78
Die Strafsache Aschenputtel	82
Dornröschen auf Inlinern	121
Der Schnüffler: Hänsel und Gretel – hinter den Türen	132
Der glitschige Froschkönig	137
Der Goldesel auf Diät	148
Die Sterntaler, die nicht reich machten	156
Neues vom Schnüffler: Eisenhans in der falschen Haut	158
Rumpelstilzchen, nicht jugendfrei	165
Der Schweinehirt und das Töpfermädchen	175

Rotkäppchen auf der Stube

Rotkäppchen saß auf einem Schemel in ihrem Zimmer und blickte trübselig zum Fenster hinaus. Ein strahlend blauer Himmel, fröhliches Vogelgezwitscher und das mächtige Rauschen der Tannen vor dem Haus lockten: „Komm heraus, nun komm endlich!"

Trotzig stützte Rotkäppchen ihre Ellenbogen auf die Knie und warf das Kinn in die Hände. Stubenarrest! Pah! Wie entwürdigend für jemanden, der gerade ein solches Abenteuer bestanden und sogar Wein getrunken hatte! Zugegeben, sie hatte ihr Versprechen, nicht vom Weg abzugehen, gebrochen. Aber wer konnte denn schon ahnen, dass gleich so etwas Schlimmes geschehen würde?

Zornig kickte Rotkäppchen eine Puppe weg, die vor ihr lag. Sie landete auf dem achtlos dahingeworfenen roten Kleiderbündel in der Ecke. Rotkäppchen betrachtete es nachdenklich. Nicht vom Weg abzugehen, war nicht die einzige Warnung der Mutter gewesen. Sie hatte auch ihre Vorliebe für rote Kleider bemängelt, die so auffällig waren. Eine Träne rollte Rotkäppchen jetzt über die Wange. Was konnte sie denn dafür, dass der Wolf so gierig auf Rot war, dass er sie fressen wollte? War er vielleicht ein hirnloser Stier? Sollte sie etwa graue und braune Kittel tragen, nur damit sie den blöden Kerl nicht reizte? Und auf all die schönen Blumen im Wald verzichten und stattdessen mit gesenktem Kopf den langweiligen, staubigen Weg entlangschlurfen?

Rotkäppchen schniefte und zog die Nase hoch. Ums Fressen alleine ging es dem Wolf ja gar nicht, das lag doch sonnenklar auf der Hand. Die Großmutter, die war alt, sie hatte er so nebenbei gefressen. Mit Rotkäppchen aber hatte er gespielt, das war der springende

Punkt gewesen! Weil sie jung war und unwissend. Und frisch und fröhlich. Weil sie schöne Blumen mochte und rote Kleider.

Der Zorn kroch nun wieder in Rotkäppchen hoch. Nicht nur auf den Wolf, auch auf sich selbst. Sie stampfte auf den Boden. Wie lächerliche diese Großmutter-Verkleidung gewesen war! Ihr Gefühl, eine innere Stimme hatte sie noch gewarnt. Doch ihr Verstand hatte ganz verwirrt nachgefragt, warum die Großmutter denn heute so große Augen, Ohren und Hände hatte. Weil sie dumm und naiv gewesen war. Das harmlose, freundliche Getue und die fadenscheinigen Erklärungen des Wolfs geglaubt hatte. Weil sie die Spielregeln seines tödlichen Spiels nicht beherrscht hatte. Weil sie auf ihr Gefühl nicht vertraut hatte.

Rotkäppchen kniff die Augen zusammen. *Dieses Mal nicht*, dachte sie grimmig. *Aber es ist ja noch lange nicht aller Tage Abend!* Noch einmal würde sie sich nicht so leicht hereinlegen lassen! Es stand für sie fest, ganz klar: sie würde wieder vom Weg abgehen.

Nachdenklich stand Rotkäppchen auf, ging zu dem roten Kleiderhaufen und zog ihr Käppchen heraus. Sie spielte mit dem Schnürband. Sie würde, nein, sie musste es einfach wieder tun! Sie musste sich noch einmal auf ein Abenteuer mit dem Wolf einlassen. Sonst würde sie sich nie wieder im Spiegel anschauen können, ohne dass dieser ihr ‚Feigling' oder ‚Memme' oder sogar ‚Dummerchen' entgegenlachen würde.

Rotkäppchen hob die Nase und streckte den Rücken durch. Ja, es war unerlässlich. Es fühlte sich an, als musste sie dies nicht nur für sich tun, sondern stellvertretend für alle jungen Mädchen. Die das Recht dazu hatten, lebendig und fröhlich zu sein. Und Spaß zu haben an allem Schönen in der Welt, an Blumen und Farben und frischer Waldluft. Ohne Angst zu haben, dass hinter jedem Blumenstück ein gieriger, sabbernder Wolf auf sie wartete!

Grimmig warf Rotkäppchen ihre Kappe wieder in die Ecke. Sie hatte viel gelernt in den letzten Tagen. Nun war es Zeit, dass sie auch dem Wolf eine Lektion verpasste! Das nächste Mal würde sie auf seine Mätzchen vorbereitet sein!

Sie verschränkte einen Arm, stützte den anderen darauf und ging in ihrem Zimmer auf und ab. Zunächst einmal würde sie dafür sorgen, dass der gute, alte Jäger in der Nähe war. Und bevor sie sich wieder mit dem Wolf einließ, würde sie lernen. Oh ja, sie würde sich alles aneignen, was sie zu ihrer Verteidigung gebrauchen konnte! Sie würde dem Jäger beim Schießen zusehen und auskundschaften, wo er seine Gewehre aufbewahrte. Sie würde sich beibringen, Pfeil und Bogen herzustellen! Und sie würde einen Kampf-Kurs machen. Heimlich, als Junge verkleidet, das machte bestimmt Spaß! Was der Wolf konnte, das beherrschte sie schon lange!

Rotkäppchen lief nun zu ihrer Wäschekommode und beförderte eine ihrer Schlafhosen zutage. Sie nestelte und riss am Bund herum, bis sich das dehnbare Band darin herauslösen ließ. Dann eilte sie zu ihrer Murmelkiste und nahm eine davon heraus. Sie legte sie in den Gummi, schloss ein Auge, zielte und ließ los. Der Dunst von Petroleum stieg auf, als das Glas des Nachtlichts zerbrach.

Auf Rotkäppchens Gesicht schlich sich ein breites Lächeln. Sie lief zu dem Kleiderhaufen, setzte ihr Käppchen auf und warf sich ihren roten Mantel um. Dann trat sie vor den Spiegel. Und freute sich an der frischen, lebendigen Farbe, die auf ihrer Haut zu prickeln schien. Rotkäppchen warf sich nun auf das Bett, verschränkte die Arme hinter dem Kopf und blickte zur Decke. Was könnte sie noch tun? Oh, sie würde ein kleines, aber scharfes Messer aus Mutters Küche stehlen und an ihrem Teddy den Umgang damit üben. Aus dem Alter war sie ja jetzt sowieso heraus.

Rotkäppchen kniff die Augen zusammen, als sie sich vorstellte, wie sie den Wolf wieder treffen würde. Sie würde auf sein Spiel eingehen. Sie würde Blumen pflücken (eine Schleuder unter dem Käppchen), würde mit ihm plaudern (das Messer im Ärmel) und ihm brav den Weg zu Großmutters Häuschen beschreiben (eine Pistole vom

Jäger unter dem Mäntelchen). Im Haus würde der Jäger schon hinter der Tür warten. Und dann würde sie laufen, so schnell sie nur konnte, um das klägliche Ende des Wolfs mitzuverfolgen. Um jede Sekunde davon auszukosten. Sie würde sich weiden an seiner Angst, und sie würde hören, wie er bettelte um sein räudiges Fell und dann vergnüglich zusehen, wie der Jäger ihm dasselbe über die Ohren zog.

Rotkäppchen lächelte eigentümlich. Die Mutter war so erleichtert gewesen, dass der böse Wolf nun tot war. *Ach, liebe, gute Mutter,* dachte sie, *der Wald ist voll von Wölfen! Aber ich werde es schon aufnehmen mit ihnen! Und dann wird sich niemand mehr vor ihnen fürchten. Im Gegenteil, auslachen werden sie sie alle und sie werden die Schwänze einziehen und sich ganz schnell verziehen, dahin, wo der Pfeffer wächst. Alle Mädchen werden fröhlich in den Wald laufen können, ohne Angst! Und sich an armvollen Blumensträußen freuen! Und sie werden toben in ihren Kleidern aus rot und lila und orange und pink! Und werden lachen und lachen und lachen!*

Die Prinzessin und die Erbse

Einakter

Personen

König *gemütlich*
Königin *ein wenig steif*
Kammerzofe *von schlichtem Gemüt, aber nicht dumm*

Zeit: *Vormittag*
Ort: *der Blaue Salon im Königsschloss*

Vorhang

(Der König ruht gedankenversunken am Fenster in seinem bequemen Ohrensessel, die Königin sitzt aufrecht am runden Teetisch.)

Königin Kammerzofe!
Kammerzofe *(tritt ein, geht zum Teetisch und knickst ehrerbietig)* Königliche Hoheit wünschen?
Königin Sag sie mir, wie ist heute das werte Befinden der Prinzessin?
Kammerzofe Mit Verlaub, die Prinzessin fiebert wieder stärker, nachdem sie sich heute Morgen so aufgeregt hat.
Königin *(seufzt)* Worüber hat sie sich denn schon wieder echauffiert?

Kammerzofe *(bestürzt)* Königliche Hoheit, ich würde mir nie erlauben, mich zu escho... eschau...
Königin *(ungeduldig)* Nicht doch sie. SIE, die Prinzessin!
Kammerzofe *(knickst)* Verzeihung.
Königin *(ungeduldig)* Also worüber hat sich die Prinzessin denn nun... aufgeregt?
Kammerzofe Mit Verlaub, über die Feder, Königliche Hoheit.
Königin *(wartet)* Und? Über welche Feder? Herrgott, nun lass sie sich doch nicht jedes Wort aus der Nase ziehen!
Kammerzofe *(knickst)* Verzeihung, über die Feder, die sich in der hochherrschaftlichen Daunendecke befand und welche die Prinzessin am ganzen Leib rot und blau zerstochen hat.
Königin *(mit befremdendem Seitenblick)* Grün vielleicht auch noch?
Kammerzofe Verzeihung, Königliche Hoheit, von grün sagte die Prinzessin nichts. Aber ich kann...
Königin *(scharf)* Nein! Sie fragt nicht nach!
Kammerzofe *(knickst)* Wie Königliche Hoheit wünschen.
Königin *(seufzt erneut)* Ach ja, es ist doch jeden Tag etwas anderes. Das hätte ich mir nicht träumen lassen, als ich mich über die Erbse so freute. Heute eine Feder, gestern ein Samenkorn, das so dreist war, sich aus dem offenen Fenster ins Bett der Prinzessin zu stehlen. Was war es vorgestern noch mal?
Kammerzofe Mit Verlaub, vorgestern war es ein trockener Brotkrümel, Königliche Hoheit.
Königin Nun, wenn die Prinzessin wieder genesen ist und am Tisch speisen kann, dann fällt wenigstens diese Ursache weg. War der Leibarzt heute schon bei der Prinzessin?
Kammerzofe Ja, Eure Königliche Hoheit.

Königin	Und? Was sagt er? Herrgott noch mal, sie ist aber heute wieder sehr gesprächig!
Kammerzofe	Die Prinzessin ist, mit Verlaub, heute gar nicht gesprächig...
Königin	*(vernehmlich)* SIE! Von IHR bekommt man heute lauter Brocken anstatt einer ordentlichen Mahlzeit!
Kammerzofe	*(verwirrt)* Wie meinen, Königliche Hoheit?
Königin	*(entnervt)* Ach, lass sie. *(langsam und deutlich)* Was – hat – der Arzt – gesagt?
Kammerzofe	Er sagte: Das Fieber will nicht sinken und der Husten nicht vergehen.
Königin	*(seufzt erneut)* Na, kein Wunder, was läuft sie auch draußen im Regen herum.
Kammerzofe	Mit Verlaub, ich bin gar nicht...
Königin	*(laut)* SIE doch nicht! Die Prinzessin!
Kammerzofe	Verzeihung.
Königin	*(mit scharfem Seitenblick)* Sie ist heute wieder einmal sehr unaufmerksam.
Kammerzofe	*(zieht es vor, zu schweigen)*
Königin	*(heftig)* SIE! Nicht die Prinzessin!
Kammerzofe	*(gekränkt)* Ja, ich habe Königliche Hoheit schon verstanden. *(hebt die Hand zur Stirn, stöhnt leise, schwankt ein wenig)*
Königin	*(verdreht die Augen gen Himmel)* Geh sie, bitte, entferne sie sich.
Kammerzofe	*(schwach, die Hand noch an der Stirn, knickst nur andeutungsweise)* Sehr wohl, Königliche Hoheit. *(zieht sich schwankend zurück)*
König	*(blickt auffällig interessiert und lächelnd der Kammerzofe nach)*

Königin	*(versucht, sich zu sammeln, dann, an den König gewandt)* Mein Gemahl, haben Eure Kundschafter schon Nachrichten für uns?
König	*(schreckt aus seinen Gedanken hoch)* Wie meinen?
Königin	*(ungeduldig, aber beherrscht)* Weiß man schon etwas Neues über die Herkunft unserer Prinzessin?
König	*(steht auf, geht zügig hin und her, den gesamten Raum ausschreitend, immer nahe an der Königin vorbei)* Nein, meine Liebe. Ich habe die Kundschafter vor einigen Tagen ein zweites Mal, dieses Mal in fernere Länder beordert.
Königin	Sie sind vielleicht schon wieder da...
König	*(tadelnd)* Meine Liebe, sie haben Instruktionen, mir nach ihrer Ankunft auf der Stelle Bericht zu erstatten.
Königin	Ich kenne sie. Sie werden zuerst ein Gelage in der Gesindeküche veranstalten und danach ihren Rausch ausschlafen, bevor sie sich bei Ihnen melden. Kammerzofe!
Kammerzofe	*(kommt herbei, knickst)* Königliche Hoheit wünschen?
Königin	Sind die Kundschafter Ihrer Königlichen Hoheit schon da?
Kammerzofe	Nein, Königliche Hoheit.
König	Bitte sehr, meine Liebe.
Königin	Es hätte durchaus sein können.
König	*(macht eine undefinierbare Geste mit der Hand)*
Kammerzofe	*(stöhnt matt, schwankt, greift sich mit dem Handrücken an die Stirn)*
Königin	*(sieht die Kammerzofe befremdlich an)* Sie hat wohl wieder verbotenerweise an den königlichen Weingeistpralinen genascht?
Kammerzofe	Nein, Königliche Hoheit, bei meiner Ehre!

Königin	*(scharf)* Das werde ich schon herausfinden! Sie kann gehen.
Kammerzofe	*(matt)* Sehr wohl, Königliche Hoheit. *(Geht schwankend davon)*
König	*(blickt der Kammerzofe lächelnd nach)*
Königin	*(seufzt)* Mein Gemahl, was haben Ihnen die Kundschafter denn nach ihrer ersten Rückkehr berichtet?
König	*(setzt sich wieder hin, sammelt sich)* Das können Sie sich doch denken, meine Liebe. Nichts, sonst hätte ich sie nicht ein zweites Mal beordert. In keinem der angrenzenden Länder vermisst man eine Prinzessin. *(dann nachdenklich, mehr zu sich selbst)* Was aber nicht heißen muss, dass sie dort nirgends hingehört.
Königin	*(stöhnt auf)* Sprechen doch auch Sie bitte nicht in Krypten mit mir. Was soll denn das heißen?
König	Nun, vielleicht WILL sie ja niemand kennen.
Königin	*(verzweifelt)* Wieder ein Rätsel! Warum denn um alles in der Welt soll sie niemand kennen wollen?
König	*(nachsinnend)* Ja, warum... Meine Liebe, sind Sie denn, als Sie noch jünger waren, in strömendem Regen in fremden Königreichen umhergelaufen?
Königin	*(fährt empört hoch)* Ich bin noch jung!
König	Verzeihung, ich meinte, als Sie noch... kleiner waren?
Königin	*(verwundert)* Nein, natürlich nicht. Weshalb sollte ich auch?
König	Eben. Weshalb. Das ist die Frage.
Königin	*(sucht nach einer plausiblen Erklärung)* Vielleicht wollte die Prinzessin nur ein wenig... lustwandeln...
König	*(dreht sich in Richtung der Königin und blickt sie von unten herauf an)* Meine Liebe, ist Ihnen entfallen, dass das nächstgelegene Königreich drei Tagesreisen entfernt liegt? *(hebt den Zeigefinger)* Mit der Kutsche!

Königin	*(sich ergebend)* Ich weiß.
König	Außerdem, meine Liebe, sind Sie schon jemals ohne Begleitung wenigstens Ihrer Kammerzofe ausgegangen?
Königin	Nein. Das schickt sich nicht. Und ist außerdem viel zu gefährlich.
König	Also. Wo sind sie denn, die Begleiter der Prinzessin?
Königin	*(weiß keine Antwort)*
König	*(nachdenklich, steht auf, geht wieder hin und her)* Sie ist ausgerissen. Oder man hat sie ausreißen lassen. Man wird schon einen Grund dafür gehabt haben. *(setzt sich wieder, rückt sich bequem zurecht)* Und ich muss sagen, nachdem ich die Prinzessin nun einige Wochen erleben durfte, fällt es auch mir nicht schwer, einen zu finden. *(nachäffend)* ‚Oh, ich habe kein Auge zugetan, ich bin am ganzen Körper grün und blau gedrückt'. *(steht wieder auf, wandert hin und her, nachsinnend. Dann, ohne die Königin anzusehen)* Meine Liebe, ohne Ihnen zu nahe treten zu wollen, Sie selbst haben einen gehörigen Anteil zu unserer Misere mit der Prinzessin beigetragen.
Königin	*(greift sich bestürzt an die Brust)* Ich? Wie kommen Sie denn darauf?
König	*(blickt die Königin ernst an)* Sie haben dem Prinzen doch den Floh ins Ohr gesetzt, dass keine einzige von den Dutzenden anderen, die der Prinz kennenlernte, gut genug für ihn wäre.
Königin	Bitte, mein Gemahl, Sie machen mich ganz nervös, wenn Sie wie ein gefangener Tiger hin und her schwadronieren.
König	*(setzt sich wieder, dann tadelnd, mit Handbewegungen unterstreichend)* An jeder hatten Sie etwas auszuset-

	zen. Die erste war Ihnen zu linkisch, die zweite nicht ernsthaft genug, bei der dritten war die Nase zu groß, eine weitere hatte einen schiefen Gang...
Königin	*(sich verteidigend)* Sie zuckte ständig mit der rechten Schulter! *(sie demonstriert es)*
König	Sie wird halt nervös gewesen sein unter Ihrem allzu prüfendem Blick.
Königin	*(den letzten Satz ignorierend)* So etwas ist erblich! Stellen Sie sich einen Thronfolger vor, der ständig mit der rechten Schulter zuckt! *(Sie demonstriert es wieder)* Außerdem waren alle keine richtigen Prinzessinnen.
König	Na, jetzt haben Sie eine richtige und sind wieder nicht zufrieden. Apropos Thronfolger, es eilt damit ja nicht *(lächelt kurz)* aber das wird weiterhin ein Problem sein. Der Prinz tut mir aufrichtig leid.
Königin	*(erschöpft)* Was soll denn das nun wieder heißen?
König	Nun ja, schließlich ist unser Sohn nicht nur ein Prinz, sondern nebenbei auch noch ein Mann.
Königin	Aber doch noch ein sehr junger!
König	Aber ein Mann!
Königin	Ein junger...
König	... Immerhin ...
Königin	Sie meinen... ach Gott... *(errötet heftig)* Na und?
König	*(steht wieder auf und wandert hin und her)* Nun ja, meine Liebe, Sie wissen ja, dass selbst die zarteste... Form... Art... Weise der... Liebesbezeigung dennoch ein etwas... kraftvolles... Element... beinhaltet... einschließt... besitzt... Sapperlot, Sie müssen doch wissen, was ich meine!
Königin	*(immer noch glühend)* Nicht ganz, mein Gemahl...

König	*(meint, deutlicher werden zu müssen)* Na, wie sollen denn die beiden einen Thronfolger zeugen, wenn die Prinzessin schon eine kleine Erbse nicht verträgt!
Königin	*(bestürzt)* Also, ich muss doch sehr bitten...
König	*(verschränkt die Arme)* Bitten Sie nur, bitten Sie nur, das ändert aber nichts an den Tatsachen.
Königin	*(langsam begreifend)* Nun, man muss die Prinzessin eben... abhärten...
König	*(nun seinerseits entsetzt auffahrend)* Wie?
Königin	*(errötet wieder heftig)* Ich meinte, mit kalten Wassergüssen, frischer Luft, gesunder Kost...
König	*(entspannt sich wieder)* Ach so. *(setzt sich. Dann zweifelnd)* Und das hilft?
Königin	*(hat sich wieder gefasst)* Sicher. Auch Abreibungen werden wir vornehmen. Ich werde auf der Stelle alles veranlassen. Kammerzofe?
Kammerzofe	*(kommt herbei, knickst)* Königliche Hoheit wünschen?
Königin	Mach sie im Zimmer der Prinzessin Folgendes bereit: einen Topf kaltes und einen Topf heißes Wasser, ferner ein weiches und ein raues Tuch, eine harte und eine zarte Bürste. Hat sie alles verstanden?
Kammerzofe	Jawohl, Königliche Hoheit: *(beginnt aufzuzählen)* ein Topf raues und einen Topf zartes Wasser...
Königin	*(zornig auf den Tisch schlagend)* Herrgott noch einmal, es ist heute zum Haare ausraufen mit ihr! *(mit dem Finger fackelnd)* Auch, wenn ich es ihrer seligen Mutter versprochen habe, wenn sie sich nicht zusammenreißt, dann...
Kammerzofe	*(beginnt zu weinen)*
Königin	*(entnervt)* Ich werde mich selbst um alles kümmern, geh sie mir aus den Augen. Sofort, bevor ich mich vergesse!

Kammerzofe *(geht weinend davon, während der König ihr wieder seltsam nachsieht)*
Königin *(nachrufend)* Und die Weingeistpralinen werde ich künftig abzählen! *(sammelt sich wieder mit einem Seufzer und wendet sich ihrem Mann zu)* Mein Gemahl, Sie können sich auf mich verlassen. Ich werde unsere allzu zarte Prinzessin schon etwas... desensibilisieren. Und sie auch sonst gebührend auf ihre... Pflichten als Eheweib vorbereiten.
König Das wird denn Prinzen freuen. Er hat sich schon Sorgen um diese Sache gemacht, aber er wollte Sie nicht kränken.
Königin *(erfreut)* So lieb hat er die Prinzessin schon?
König SIE, meine Liebe, nicht die Prinzessin. Weil Sie sie schließlich für ihn ausgesucht haben.
Königin *(seufzt)* Heute ist ein Tag voller Anlässe zum Seufzen. Und voller Missverständnisse.
König *(tückisch)* Und voller Überraschungen.
Königin Und voller Überraschungen. ...?
König *(händereibend)* Na, dann heraus mit allem. Wenn wir schon dabei sind. Die Prinzessin soll sich wegen des... Problems, welches wir soeben besprachen, doch mal an die Kammerzofe wenden.
Königin *(verdutzt)* Weshalb denn dies, um alles in der Welt?
König Weil die Kammerzofe anscheinend einiges von unserem... Problem versteht. Übrigens, haben wir eigentlich noch die alte Babywiege von meinem seligen Urgroßvater?
Königin *(stutzt erst, begreift dann und fällt in Ohnmacht)*
König *(tritt ruhig zu seiner Frau hin, tätschelt ihr liebevoll die Hand)* Kammerzofe!

(Kammerzofe eilt herbei. Hält sich mit einer Hand die Nase zu, in der anderen Hand trägt sie ein Fläschchen Riechsalz)

Memoiren eines Schnüfflers

Schneewittchen

Gestatten, dass ich mich vorstelle? Brad. Nicht Pitt, hahaha, sondern Buttermaker, ich habe amerikanische Wurzeln. Außerdem bin ich stolzer Vater von zwei netten Gören, Zwillingen, und bin seit dreißig Jahren verheiratet. Mit derselben Frau, hahaha. Aluna ist mein Fels und mein Anker in meinem ansonsten ziemlich turbulenten Leben. Ich bin nämlich Privatdetektiv, jetzt a.D. Ich hatte zu meiner Zeit tiefe Einblicke in berühmte Fälle, in denen sich selbst die Polizei die Zähne ausgebissen hat. Wie ich das schaffte? Nun seien Sie mal nicht so indiskret, haben Sie es schon mal erlebt, dass ein Börsianer seine Connections ausplaudert? Oder eine Italienerin das Rezept ihrer Pasta? Nur soviel sei verraten, dass ich ausgezeichnete Verbindungen zur Szene hatte. Und geradezu brillante Kontaktmänner. Echte Schnüffler, absolut zuverlässig und äußerst diskret. Allerdings scheiterte auch ich manchmal, so wie in dem Fall, von dem ich heute berichte. Aber wie heißt es so schön: Ausnahmen bestätigen die Regel. Ich habe wohl den Mörder nicht seiner gerechten Strafe zuführen können, aber ansonsten Dinge ans Tageslicht gebracht, die werden Ihnen das Blut in den Adern gefrieren lassen! Sorry, ich neige manchmal etwas zu Melodramatik. Oder bin ein bisschen flapsig. Und überstrapaziere Anglizismen, das habe ich meinem Großvater aus Ohio zu verdanken. Bei dem es vor ‚sorrys', ‚girls' und ‚dudes' strotzte, auch wenn er Deutsch sprach. Ich hoffe, Sie verzeihen mir das. Aber nun genug der Vorrede. Der Fall ist lange genug her, um niemanden mehr am Fell zu jucken und ich kann mit der vollen Wahrheit aufwarten. Also, angeschnallt und das Rauchen eingestellt, ein Flug, der Sie in eisige Höhen und höllische Tiefen entführen wird, beginnt! Sorry.

Das Ganze war eine Familientragödie, wie sie in keinem Buche steht. Als ich mit dem Fall konfrontiert wurde, lief die Chose schon über Jahre, wenn nicht Jahrzehnte. Engagiert hatte mich ein Staatsoberhaupt. Nachdem er zwanzig Jahre lang einen auf die drei Affen gemacht hatte, die nichts hören, nicht sehen und nicht reden. Hauptperson war seine Tochter, eine hübsche kleine Göre namens Schneewittchen. Die leider das Pech hatte, in eine ziemlich miese Familie hineingeboren zu werden. Ihr Vater war, wie gesagt, ein hohes Tier in der Politik. Viel zu beschäftigt, um sich mit seinem Kind, das übrigens das einzige war, abzugeben. Und außerdem war er, das ist meine rein persönliche Meinung, leicht inzestgeschädigt. Was durchaus nicht weit hergeholt ist. Denn erstens heiratete man in seinen Kreisen nur untereinander; wie die Früchte solcher Verbindungen genetisch beieinander sind, wissen wir Dank Mendel & Co ja heutzutage. Und zweitens verhielt er sich in der Geschichte, wie ich noch aufzeigen werde, reichlich befremdend.

Die leibliche Mutter des Mädchens war bei der Geburt gestorben und nach einem Jahr heiratete ihr Vater ein ziemliches Luder aus irgendwelchen zwielichtigen, okkulten Kreisen. Diese Schnalle hatte so einen Hau weg, sag ich Ihnen! Sie hatte sowas wie einen magischen Spiegel, der ihr sagte, wer die Schönste im Land sei. Und das wollte sie selbstverständlich selbst sein. Solange das Ding ihren Namen nannte, war für sie alles in Butter. Nun wurde aber ihr Stiefkind immer älter, was Kinder ja allgemein so an sich haben. Und leider auch immer schöner. Sie hatte so langes, schwarzes Haar, wissen Sie, so blauschwarz, wie die Indianer bei Karl May. Und einen vollen, roten Mund; für meine Semester, hahaha, wie Brigitte Bardot, für Jüngere etwa wie Angelina Jolie. Und eine super-weiße Haut. Darauf standen die früher. Die Vampirszene heutzutage steht ja auch wieder auf diesen Typ. Na jedenfalls, als der Spiegel der durchgeknallten Alten ihre Stieftochter als die Schönste bezeichnete, da war aber die Kacke am Dampfen, sage ich Ihnen! Sorry. Sie kriegte zunächst einmal einen hysterischen Anfall und beschloss dann, ihre Rivalin rigoros zu beseitigen. Das war aber gar nicht so einfach. Der Jäger, den sie mit dem Mord beauftragte, hatte selber 'nen Narren an der kleinen Schwarzhaarigen gefressen und ließ sie laufen. Bis die Alte aber den Braten roch, war das Girl schon über alle Berge und untergekrochen bei sieben kleinwüchsigen Männern irgendwo in der Pampa. Der alte Drachen gab aber noch lange nicht auf. Kreativ war das Aas, das muss man ihr lassen, denn sie verkleidete sich so geschickt als Bauersfrau, dass Schneewittchen sie nicht erkannte. Wissen Sie, manchmal habe ich den Verdacht, dass die Kleine auch ein bisschen rammdösig war. Noch dreimal setzte die Alte an, um Schneewittchen zur Strecke zu bringen. Aber die hatte anscheinend die neun Leben einer Katze, denn jedes Mal war einer zur Stelle, der sie von des Todes Sense wegzog. Sorry. Als letztes sogar ein Prinz, der sie spornstreichs heiraten wollte, obwohl er sie für tot hielt.

Und jetzt halten Sie sich fest. Die Alte wurde zur Hochzeit eingeladen! Ich habe lange darüber nachgedacht, warum der Prinz auf die Anwesenheit seiner unseligen Schwiegermutter bestand. Zunächst dachte ich, er achte einfach auf die Etikette. Na ja, Sie wissen schon, ´noblesse oblige` oder so. Und dass er wegen albernen Weibergezänks keine außenpolitischen Unruhen riskieren wollte. Wäre ja nicht das erste Mal in der Weltgeschichte, schließlich war die Kanaille ja immerhin die Frau des benachbarten Königs. Die wahren, grausigen Hintergründe erfuhr ich erst viel später. Das Weibsstück wurde also eingeladen und angeblich erkannte sie Schneewittchen nicht. Was ihr persönliches Pech war, denn am Ende dieses Tages war sie tot.

Tut mir nicht sehr leid, das Scheusal hat's ja irgendwie verdient. Aber wo kämen wir denn da hin, wenn jeder Selbstjustiz üben würde! Die Mediziner konnten jedenfalls keine klare Aussage zur Todesursache machen. Ich glaube nicht, dass sie richtig obduziert wurde, die Medizin steckte damals ja noch in den Kinderschuhen. Apropos Schuhe, in solchen steckte auch sie, die Leiche. Eiserne, die vorher zum Glühen gebracht wurden. Wer bitte kommt denn auf so eine krude Idee? Meine Meinung: eindeutig ein Racheakt von Schneewittchen. Die sich wohl gedacht hatte, sie müsste die Füße der Teufelin so zurichten, dass diese sich ganz sicher nie mehr persönlich auf dieselben machen könnte, hahaha, um ihr zu schaden. Okay, also die Giftspritze hatte nun verbrannte Füße, tat bestimmt saumäßig weh, aber davon stirbt man doch nicht! Sie war auch stark geschnürt, äußerst ungesund, aber üblich damals. Die Mode schlägt ja immer wieder mal Kapriolen, heute steht man ja auch wieder auf Wespentaille. Bestimmt ist ihr nach der Schuhaktion die Luft weggeblieben und dann hat es ihr vermutlich den Kreislauf zerbröselt. Aber so genau wird man das nie wissen. Für die Obrigkeit jedenfalls war der Fall zwar nicht ganz geklärt, aber erledigt. Man hat die Herrschaften nicht einmal richtig verhört in dem Gerichtsverfahren. Damals war das eben so, dass ein Prinz das Recht nicht ausübte, er WAR das Recht.

Aber nicht für Brad Buttermaker! Zu viele offene Fragen. Zunächst: Was war mit meinem Klienten los, mit Schneewittchens Vater? Wo, zum Teufel, steckte der Kerl mit seinen Gedanken die ganzen Jahre, als Schneewittchen von der Hyäne verfolgt wurde? Es ist einfach unglaublich, mit welcher Ignoranz dieser Typ durchs Leben ging! Jahrelang wohnte die Frucht seiner Lenden, sorry, bei diesen zwielichtigen Zwergen... wollte er sie denn niemals sehen? Wahrscheinlich war es so, dass das ihm angetraute Biest irgendwelche Schauermärchen über die Kleine erzählte und er glaubte es. Weil er vermutlich seit längerem schon nicht mehr mit dem Kopf, sondern mit seinem Pfeifchen dachte. Sonst hätte er die Giftnudel bestimmt nicht geheiratet. Zur Hochzeit war er auch nicht erschienen, also das nenne ich wirklich armselig. Na, höchstwahrscheinlich habe ich recht mit meiner Vermutung, dass seine Gene nicht ganz einwandfrei waren.

Zum zweiten: der Prinz. Der war nämlich alles andere als ein Engel, wie zuverlässige Recherchen ergeben haben. Die Prinzen damals waren ja alle nicht ganz koscher, der von Rapunzel auch, hab ich mir sagen lassen. Der hier aber war eine ganz dubiose Type, sage ich Ihnen! Ein ganz feines Früchtchen war der! Ich frage Sie: Was tut ein Prinz heeres- und dienerseelenalleine, hahaha, im Wald eines fremden Königreichs? Hm? Wildschweine jagen? Heimlich in der Nase popeln? Und sagen Sie mir: Fänden Sie dermaßen Gefallen an einem vermeintlich toten Mädchen, dass Sie es mit nach Hause nehmen würden? Ich hab es nachgeschlagen, man nennt so etwas ‚Nekromanie'. Bäh, abartig. Na, kein Wunder, ich sage es ja immer, alles Inzucht damals, die sogenannte Elite. Deshalb hat dieser Drecksack auch seine Schwiegermutter eingeladen! Auf mindestens eine Tote konnte er spekulieren, das Schwein! Eine von den beiden Frauen würde von der anderen bestimmt zur Strecke gebracht werden. Hat ja auch geklappt, wie man gesehen hat.

Na, und zu guter Letzt: Schneewittchen. Ich bin mir bis heute noch nicht sicher, ob sie diejenige ist, die einem in dieser Tragödie leidtun sollte. Schließlich hat auch sie sich nicht immer einwandfrei verhalten, wenn man an die gruselige Fußaktion denkt. Aber vielleicht wäre alles ganz anders gekommen, wenn sie damals in der Zwergenhütte die böse Alte nicht ständig hereingelassen hätte! Zigmal hatten ihr die Zwerge gesagt: „Schwarzköpfchen, lass niemanden herein, Rotmündchen, nimm von niemandem was an!" Aber nein, sie musste ja den verlausten Kamm, die alberne Schnur und den wurmstichigen Apfel haben. Na ja, irgendwie verstehe ich's auch. Jahrelang war sie da dort bei den sieben Heinzelmännchen, hat sonst keine Menschenseele gesehen, geschweige denn gesprochen. Da ist man um jede kleine Ablenkung dankbar. Und da ist noch etwas... ich weiß aus sicherer Quelle, dass sie den sieben zwar kleinen, aber immerhin männlichen Zwergen nicht nur häusliche Dienste geleistet hat... Ja, das hätten Sie wohl nicht erwartet, wie? Aber die Welt ist schlecht, glauben Sie einem erfahrenen Mann. Und dann erwischt sie am Ende auch noch so einen perversen Prinzen. Ob die Familie wohl einen Psychiater hatte? Wenn ja, dann war der wohl ziemlich ausgelastet mit der ganzen Familie. Das letzte, was ich in Erfahrung bringen konnte, war, dass Schneewittchen sich mit dem Prinzen irgendwie zusammengerauft hat. Vielleicht gab es ja doch ein paar gesunde Berater mit Einfluss oder Schneewittchen hat sich etwas für ihn einfallen lassen. Für seine krausen Sexualpraktiken. Es gab ja damals auch schon so etwas in der Art wie KO-Tropfen. Irgendwelche Pilze, Kräuter oder Wurzeln, die einen eine Zeitlang wie tot aussehen lassen. Wahrscheinlich nahm sie die perverse Sache einfach hin. Ich hab auch gehört, dass sie desöfteren Reisen zu den sieben Zwergen unternommen hat...

Wie dem auch sei, das war sie nun, eine der wenigen Geschichten, an denen ich gescheitert bin. Trotz Einblicke aus allererster Hand, mein Bruder war der Anwalt der kleinen Schwarzhaarigen. Es kam nie heraus, woran die durchgeknallte Alte letztendlich gestorben war. Eine Tragödie, die das Leben schrieb. So obskur, dass sie als Erfindung komplett überzogen klänge. Mein Klient hat übrigens noch ein drittes Mal geheiratet. Eine, die nicht nur seine Tochter, sondern sein Enkelkind hätte sein können. Tja, reich und einflussreich muss man sein; einem alten Mann mit 'ner Rente am Limit des Mindestbedarfs passiert das bestimmt nicht. So ist es nun einmal, das Leben, glauben Sie einem erfahrenen Mann.

Diese Begebenheit war für mich der Höhepunkt meiner detektivischen Laufbahn. ‚Junge', sagte ich mir, ‚das war der stärkste Tobak, den man auf dieser Welt zu kauen kriegt'. Danach habe ich mich zur

Ruhe gesetzt. Der alte Schnüffler baut jetzt hinterm Haus Gemüse an und fahndet nach Schnecken und sonstigen Blattfressern, hahaha. Aber Aluna freut sich, dass ich mich nun mehr um unsere zwei Girls kümmere. Die mehr Max und Moritz gleichen als Hanni und Nanni. Nebenbei bring ich noch ein bisschen Kohle ins Haus durch das Erzählen meiner Abenteuer. Da war zum Beispiel noch die Sache mit Hänsel und Gretel, einem Geschwisterpaar, das es echt in sich hatte... Aber davon das nächste Mal.

Schwesterchen und das tolle Brüderchen

Es war mal ein Geschwisterpaar, 'ne Schwester und ihr Bruder,
die hatten eine Stiefmutter, die war ein rechtes Luder.

Sie schlug sie, stieß sie mit dem Fuß, s'gab nur noch hartes Brot,
da flohen beide aus dem Haus in ihrer bitt'ren Not.

Doch trieb das Weib auch Hexenwerk: mit böser Zauberhand
verwandelt' alle Brunnen sie im Wald, im ganzen Land.

Wer davon trank, der ward ein Vieh, ein Tiger, Wolf und Reh,
doch trinken wollt' das Brüderchen! Und mit viel „Ach" und „Weh"

da ward ein Hörnervieh aus ihm. Die Schwester hat geklagt,
denn fürderhin war Aufpassen aufs Tierchen angesagt.

Der kleine Strolch gab ihr dafür auch ständig einen Grund,
wollt' jeden Tag zur Jagd hinaus. Doch das war nicht gesund:

Ein Jäger trifft's am Vorderfuß mit seinem scharfen Messer,
doch Dank der Schwester Fürsorg' ging's dem Reh bald wieder besser.

Der König fand sie; bei der Maid kam er in Liebesglut,
und freite sie. Das Leben schien nun endlich wieder gut.

Die beiden kriegten bald ein Kind und liebten sich gar sehr,
das Reh tollt' mit 'nem gold'nen Band fidel im Park umher.

Da meuchelt' doch die Zauberin nieder die Frau im Bade!
Setzt ihre hässlich' Tochter hin. Die Königin fand's schade,

sie kann nun Kind und Reh nur noch besuchen als ein Geist,
die hässlich' Tochter sitzt dafür an ihrem Platz so dreist.

Doch ist der König nicht so dumm, besieht den Geist genau,
und spricht ihn an: „Du bist doch meine liebe, gute Frau?"

„Die bin ich", sagt' sie und der König hat das nun kapiert;
die beiden Scharlataninnen, sie wurden demaskiert.

Die eine wurde flugs verbrannt, die andere zerrissen.
Das Reh ward wieder Bruder dann, man tat sich herzen, küssen.

Es hätt' für sie jetzt können sein ein sorgenfreies Leben.
Tja, hätt's da nicht ein klein's Problem, ein altes, noch gegeben.

Das Brüderchen, das hatte nie gelernt, sich zu beherrschen,
lief hie davon, macht' da Rabatz und klaute auch mal Kerschen.

Als endlich er erwachsen war, noch toller er es trieb,
er rauft' sich hier und schlug sich dort, teilt' fröhlich aus die Hieb'.

Auch drängt' er jedes Mägdelein zu unsittlichen Sachen,
für vier gezeugte Kindlein musst' man Gelder locker machen!

Er fraß und soff, trieb sich des Nachts in zwielicht' Kreisen 'rum,
im Stall, im Garten oder Haus stellt' er sich aber dumm.

Die Schwester klagt', der König droht', doch das half alles nicht,
denn ganz egal, wer was auch sagt', der Rüpel machte dicht.

Bis dann ein treu'rer Bruder seine schwang're Schwester rächte,
schnitt ab dem Kerl, dem unreifen, ganz einfach das Gemächte.

Von da ab ward das Brüderchen ein ruhig'rer Zeitgenosse,
er pflegt' den Garten und legt' auch mal Hand an in dem Schlosse.

Er kriegt' mit seinen Lieben sich nicht länger in die Wolle,
er hatt' sie plötzlich doch entdeckt, seine Impulskontrolle.

Rapunzel und ihre Kinder

1. Kapitel

Als Rapunzel erwachte, kam es ihr vor, als träumte sie noch immer. Es würde wohl noch eine ganze Weile dauern, bis sie sich an ihr neues Zuhause gewöhnt hatte. Immer noch verwundert, betrachtete sie ihr Schlafzimmer, das alleine schon größer war als ihre ganze Behausung im Turm der unseligen Frau Gothel. Sie streckte die Arme aus und betastete das zarte, weiße Seidenhemd, in dem sie steckte, und das an seinen Enden mit feinen Stickereien versetzt war. Als sie sich aufsetzte und die Füße aus dem Bett schwang, warteten am Boden bunte, bestickte Saffianpantoffeln auf ihre Füße.

Eine Tür öffnete sich und Enissa trat ein. „Guten Morgen, Rapunzel! Hattest du eine angenehme Nachtruhe?" Sie trat an die Fenster, öffnete die Vorhänge und ließ eine strahlende Morgensonne ins Zimmer herein. Dann setzte sie sich neben Rapunzel auf das Bett und nahm ihre Hand.

Rapunzel blickte Enissa an und Tränen traten in ihre Augen. „Was für ein Glück ich nur habe", sagte sie mit zitternder Stimme. „Ich werde einen Prinzen zum Gemahl nehmen, in einem prächtigen Schloss wohnen und habe eine wunderbare Schwester gewonnen." Sie legte ihre andere Hand auf Enissas und drückte sie dankbar.

Enissa blickte auf die Hände. Dann sagte sie: „Was hältst du davon, wenn wir diesen herrlichen Tag mit einem Frühstück im Schlosspark beginnen? Merlinde und Marcius spielen schon draußen." Sie stand auf, ging zu einem der Fenster und öffnete es. Fröhlicher Kinderlärm drang zu den beiden Frauen herein.

Ein Lächeln malte sich auf Rapunzels Gesicht. „Ich bin in fünf Minuten fertig", sagte sie.

„Oh, das bezweifle ich", lachte Enissa. „Doch deine Kammerfrau hat bereits deine Wäsche bereitgelegt. Deinen Unterrock, dein Kleid, deinen Reifrock, deine Haube..."

Rapunzel lachte nun auch. „Auch daran muss ich mich erst noch gewöhnen." Sie sprang auf und lief mit wehenden Haaren in ihre Ankleide.

2. Kapitel

Der Tisch war zum Bersten angefüllt mit Leckereien. Dazu gab es Tee, Kaffee und allerlei Fruchtsäfte. Rapunzel waren viele Dinge unbekannt, doch Enissa erklärte sie ihr heute nicht, wie die Tage zuvor, seit sie im Schloss angekommen war. Ihre zukünftige Schwägerin blickte versonnen auf die Kinder und ihren Bruder, die sich im Park vergnügten. Rapunzel neigte ihren Kopf zur Seite. „Enissa, betrübt dich heute etwas?"

Enissa wandte den Kopf und lächelte Rapunzel an. „Du hast gute Augen und Ohren. Dazu einen scharfen Verstand und ein feinsinniges Gemüt", sagte sie. „Mein Bruder kann sich glücklich schätzen." Dann seufzte sie ein wenig. „Rapunzel, magst du mir heute ein wenig von dir berichten? Mir und meiner Familie fehlt eine lange Zeit von Uthelms Leben. Er hat uns schon einiges erzählt, doch von dir wissen wir noch recht wenig."

„Aber natürlich", antwortete Rapunzel. „Doch besser ist, du fragst mich etwas. Wie du weißt, habe ich bis vor kurzem außer mit meiner Stiefmutter und deinem Bruder keinen Kontakt zu anderen Menschen gehabt. Ich kann schwer einschätzen, was du wissen möchtest."

Deshalb, dachte Enissa. *Nur deshalb konnte diese Liaison entstehen.* Laut sagte sie: „Uthelm hat uns bereits berichtet, wie er dich kennen- und lieben gelernt hat. Und auch, wie böse deine Stiefmutter euch bestraft hat. Sie befindet sich übrigens in unserer Gewalt und kann euch nichts mehr tun. Doch erzähle mir, wie hast du es nur geschafft, in einer Wüstenei mutterseelenalleine zwei Kinder zur Welt zu bringen und dich und sie am Leben zu erhalten? Das ist für uns alle ein großes Rätsel. Was hast du gegessen? Wie hast du Wasser gefunden? Wie hast du die große Hitze am Tag und die Kälte in der Nacht überstehen können? Wie konntest du nur den wilden Tieren entkommen? Keiner von uns kann sich das auch nur annähernd vorstellen."

Rapunzel nickte. Sie nahm einen der Silberlöffel in die Hand und fuhr mit dem Finger über die feinen, aufwendigen Gravuren. „Was für eine Welt", sagte sie versonnen. „Vor ein paar Tagen besaß ich nicht einmal ein gemeines Messer, geschweige denn einen Löffel." Dann riss sie sich zusammen. „Du sollst alles wissen, Enissa."

3. Kapitel

„Als ich nach dem furchtbaren Streit mit Frau Gothel aus einer Ohnmacht wieder erwachte, lag ich unter einer brennenden Sonne. Weit und breit war nichts zu sehen außer Staub und ein paar dürren Gräsern und Sträuchern." Ein schmerzliches Zucken lief über Rapunzels Gesicht in der Erinnerung.

„Ich stand auf, verwirrt und durstig, und begann zu laufen. Ich lief und lief, bis ich zusammenbrach. Nach und nach versammelten sich Geier um mich. Ich wusste, dass sie auf meinen Tod warteten. Da wurde ich plötzlich zornig. Ich wollte nicht sterben!"

Rapunzel blickte Enissa an. „Weißt du, ich bin zwar auf eine Weise ganz schrecklich unwissend, doch auf eine ganz andere Art wiederum nicht. Da ich fast zwanzig Jahre meines Lebens meist alleine in meinem Turm verbrachte, habe ich mir viele Dinge selbst beigebracht. Wir hatten eine Menge Bücher, die ich alle las, Frau Gothel brachte fast jeden Abend Kräuter, Wurzeln und allerlei totes Getier mit und braute daraus ihre Zaubertränke. Im Angesicht der gierigen Vögel, die immer näher an mich heran rückten, beschloss ich, dass ich überleben würde. Ich rappelte mich auf und blickte mich um. Ich beobachtete genau, die Tiere, die Pflanzen, das Wetter, die Bodenbeschaffenheiten. Und ich lernte. Bald kannte ich alle Wasserstellen in der Nähe, alle essbaren Wurzeln, Pflanzen und Beeren."

Rapunzel schwieg einen Moment. „Noch einmal schlimm wurde es, als sich mein Leib zu einem Kürbis wölbte und sich darin allerlei regte und bewegte. Zunächst dachte ich, ich wäre krank, doch dann kam mir in den Sinn, dass ich ein Junges gebären würde, so wie all die Tiere um mich herum. Tja, als ich dann sogar zwei Kinder gebar, da stärkte sich noch einmal der Überlebenswille in mir. Irgendwie schaffte ich es, uns drei durchzubringen. Den Rest kennst du ja bereits. Den hat dir Uthelm ja schon berichtet."

Mit einem tiefen Seufzer beendete Rapunzel ihren Bericht. „Dies ist die Kurzfassung meiner Zeit in der Wüste. Doch wenn es dich interessiert, erzähle ich dir mit der Zeit gerne mehr. Zum Beispiel, wie ich die Hyänen überlistete, sodass sie mich nie mehr als Beute ansahen. Oder wie ich den Tau sammelte, wenn es wochenlang nicht regnete. Oder wie ich Waffen herstellte und eine Art Kleidung für meine Kinder." Rapunzel blickte Enissa vorsichtig an. „Ich weiß nicht, ob so jemand wie ich die Richtige für einen Königssohn ist. Der einmal das Königreich gut und weise regieren muss."

Nun war es Enissa, die tief atmete. Sie blickte Rapunzel fest in die Augen. „Glaub mir, Rapunzel, so jemand wie du könnte das Beste sein, das Uthelm passiert. Und dem Königreich. Warum, sollst du jetzt von mir erfahren."

4. Kapitel

Enissa schickte die Bediensteten weg und schenkte selbst Kaffee und Sahne nach. Dann sammelte sie sich. „Rapunzel, du kannst das jetzt noch nicht einschätzen, aber was da zwischen dir und Uthelm geschehen ist, ist alles andere als üblich. Doch ich möchte, dass du selbst darauf kommst. Deshalb werde ich dir einige Fragen stellen."

„Nur zu", antwortete Rapunzel verwundert und nahm einen Schluck Kaffee.

„Du weißt sicher aus deinen Büchern, wie es am Hofe eines Königs zugeht. Welche Menge an Bediensteten es gibt, wie die Hofetikette aussieht und welche Aufgaben einem Prinzen obliegen."

„Nun, er muss sich auf seine künftige Rolle als König vorbereiten", sagte Rapunzel.

„Ja. Er lernt verschiedene Sprachen, wird unterrichtet in Geographie, Geschichte und Religion. Er erlernt die Kriegskunst, das Fechten und Reiten. Auch den schönen Künsten widmet er sich, etwa dem Malen, Klavierspielen und dem Hoftanz."

„Kann Uthelm das nicht?" Rapunzel wurde immer verwirrter.

„Oh doch", antwortete Enissa, „er kann dies alles. Doch sage mir: Wie kann es sein, dass ein Prinz, der jede Stunde des Tags seine Aufgaben hat, der jede Stunde des Tags von seinen Bediensteten umgeben und begleitet ist..." Enissa griff nach Rapunzels Hand und beugte sich zu ihr vor. „Wie kann es geschehen, dass ein Prinz monatelang jeden Tag plötzlich für mehrere Stunden verschwindet? Alleine? Zu einem Mädchen, das von der Welt nicht viel mehr als runde Wände gesehen hat? Dass er eines Tages spurlos für Jahre verloren geht, selbst wenn er blind ist?"

Bestürzt starrte Rapunzel Enissa an. „Ich weiß es nicht", stammelte sie.

„Sieh hin", befahl Enissa und drehte sich, sodass die Kinder und Uthelm in Rapunzels Blickfeld kamen. „Sieh genau hin, mit dem Kopf und mit dem Herzen."

Wie fremdgesteuert blickte Rapunzel zu ihren drei Liebsten und sah ihnen beim Spielen zu. Sie hatten so viel Spaß miteinander. Uthelm wurde es nicht müde, mit Merlinde und Marcius umherzutollen. Immer wieder dachte er sich etwas Neues aus und hatte selbst das größte Vergnügen am Spielen. Er lachte wie seine Kinder, er spielte wie seine Kinder, er war wie seine Kinder.

5. Kapitel

Vor Rapunzels Augen flimmerte es, sie hatte vergessen, zu atmen. Dies holte sie nun nach und stieß die eingesogene Luft heftig wieder aus.

Enissa nahm eine Karaffe mit orangefarbenem Inhalt, schenkte ihn in zwei kleine Gläser und stellte je eines vor Rapunzel und sich hin. „Es gibt Verschiedenes, das sich im Menschen manchmal nicht entwickelt", sagte sie leise. „Im Denken, im Fühlen, im Umgang mit Anderen. Uthelm spricht Französisch, Latein und Griechisch. Er kann Klavier und Geige spielen und Fechten und Tanzen. Und alle Kriegsstrategien vorwärts und rückwärts herunterbeten. Doch er kann keinen Bösewicht erkennen, wenn dieser ihm nicht mit gezücktem Dolch gegenübersteht." Enissa starrte auf den Tisch. „Ein jeder, der fünf Minuten mit ihm spricht, weiß, was mit ihm los ist. Weil er wirklich anders ist, als alle anderen Männer."

„Es sei denn, man kennt überhaupt keine anderen Männer", sagte nun auch Rapunzel leise.

Beide Frauen schwiegen. Enissa gab ihrem verloren blickenden Gegenüber eines der Gläschen in die Hand und trank das ihre mit einem Schluck aus. „Er schafft es immer wieder, davonzulaufen.

Wenn sein kindliches Gemüt die Anforderungen und die Tücken der Welt nicht mehr erträgt. Jetzt weißt du, mit wem du es zu tun hast", sagte sie. „Trink, es ist Mirabellenlikör. Du wirst ihn brauchen, denn du weißt noch nicht alles."

Rapunzels Hände zitterten, als sie ihr Glas zum Mund führte. Was würde ihr heute noch eröffnet werden?

„Sieh noch einmal hin, Rapunzel."

Wieder gehorchte Rapunzel wie automatisch. Ihre drei Lieben spielten jetzt mit einem Ball. Die kleine Merlinde legte ihn beiseite und lockte ihren Vater und ihren Bruder mit einem „Da! Da!", sich ihn zu holen. Doch kurz bevor die beiden ihn erreichten, nahm sie ihn hoch und lief mit ihm davon. Und das tat sie immer wieder. Die beiden grämen sich jedoch nicht, sie liefen nach jedem „Da! Da!" begeistert und fröhlich wieder auf den Ball zu. Und wieder und wieder.

„Es betrifft nur die Männer in unserer Familie", sagte Enissa und schenkte noch einmal Mirabellenlikör ein. „Der wirkliche Regent zur Zeit ist meine Mutter. Natürlich mit den zahlreichen Beratern. Was unsere eigenen Belange im Königreich angeht, klappt das sehr gut. Schwierig wird es, wenn es um Bündnisse mit anderen Königreichen geht oder wenn gar ein Krieg mit ihnen droht." Enissa blickte Rapunzel fest an. „Nun weißt du, was dir bevorsteht, wenn du Uthelm heiratest. Keiner hier wird es dir verdenken, wenn du dich zurückziehen möchtest. Wir werden dich mit allem versorgen, was du für ein gutes Leben benötigst. Und wenn es dich nicht mehr gibt, wird auch Marcius niemals im Stich gelassen werden."

Rapunzel starrte Enissa an und sah sie doch nicht. Wie im Zeitraffer lief ihr Leben vor ihrem inneren Auge ab. Das freudlose Dasein im Turm, die schöne, kurze Zeit der Gemeinsamkeit mit Uthelm, die grausamen Monate in der Wüstenei. Dann wanderte ihr Blick wieder ins Jetzt. Sie beugte sich zur Seite und rief die drei Spielenden herbei. Fröhlich und schwer atmend liefen die drei heran. „Ihr seid ganz abgehetzt, trinkt doch etwas", sagte Rapunzel. Sie schenkte zwei Gläser voll Traubensaft, gab sie ihren Kindern und strich ihnen übers Haar. Dann griff sie zu einer roten Karaffe und blickte den Prinzen an. „Kirschsaft magst du doch lieber, nicht wahr?" Sie schenkte ihn in ein Glas und überreichte es Uthelm. Als er es entgegennahm, streichelte sie seine Hand und schenkte ihm ein Lächeln.

„Was hab ich nur für ein Glück mit ihr, nicht wahr, Enissa?" Uthelm lachte und trank sein Glas in einem Zuge aus.

„Ja, das hat du", antwortete Enissa.

Frau Holle in Hollywood

Einakter

Personen

Pechmarie	*schwarze kurze Haare, schwarze Kleidung, an einigen Stellen auf der Haut klebt noch Pech*
Freundin	*Paula, unscheinbar, zwei lange braune Zöpfe*
Goldmarie	*lieblich lächelnd, blondes, wallendes, langes Haar, an dessen Spitzen Goldmünzen hängen*
Stiefmutter	*sehr geschäftig*

Ort

Das Wohnzimmer. Links die Haustür, rechts eine weitere Tür, hinten ein offenes Fenster, in der Mitte ein gedeckter Kaffeetisch mit einem Teller großer, schwarz verbrannter Kekse. Links sitzt die Freundin, rechts Pechmarie, an Pechmaries Platz liegt ein Buch

Vorhang

Pechmarie   Das ist schön, dass du mich einmal besuchst, Paula. Seit meinem großen Pech – im wahrsten Sinne des Wortes – *(lacht)* haben wir uns ja nicht mehr gesehen.

Freundin	*(verlegen)* Nun ja, ich hatte viel zu tun. Mutter im Haushalt helfen und so. Aber ich sehe, dass es dir schon viel besser geht. Die kurzen Haare stehen dir gut!
Pechmarie	*(fährt sich durch den schwarzen Bubi-Kopf)* Es musste ja ab, wegen dieses scheußlichen klebrigen Zeugs. Aber ich werde es jetzt immer so tragen, es passt zu mir.
Freundin	Du bist auch ziemlich frei von... ich meine, du hast ja auch gar nicht mehr viel... *(deutet zaghaft auf das Pech an Arm und Hals von Pechmarie)*
Pechmarie	Pech. Ja. Alle dachten, das würde niemals mehr abgehen und ich müsste mein Leben lang damit herumlaufen. Aber Gott sei Dank ist die Haut mit der Zeit wieder geheilt.

(aus der rechten Tür kommt Goldmarie, die Stiefmutter eilt geschäftig hinterher. Goldmarie trägt zwei weiße, perlenbestickte Ärmel, an einem hängen noch Faden und Nadel, die die Stiefmutter in der Hand hält. Unter dem Arm trägt sie allerlei weißes Stoffzeug. Sie eilen vorbei)

Stiefmutter	Schnell zur Nachbarin, die hat sicher noch weißen Faden. Eil dich, eil dich! *(mit einem Blick auf die Freundin)* Grüß dich, Paula!
Goldmarie	*(goldig)* Grüß dich, Paula!
Stiefmutter	Eil dich, eil dich!

(Sie eilen zur Tür hinaus und draußen am Fenster vorbei, man hört von hinten die Stimme der Stiefmutter)

Stiefmutter	So beeil dich doch, rasch, rasch!

(Die Freundin hat verständnislos und mit offenem Mund die Szene verfolgt.)

Pechmarie	Wie du siehst, wächst auch bei Goldmarie langsam das Gold heraus.
Freundin	*(zögernd)* Geht's dir… auch sonst schon besser? Ich meine phsyphich… psischich … Ich meine, niemand weiß ja was Genaues, die Leute reden viel…
Pechmarie	Kommt ja keiner! Fragt mich ja keiner was! Alle grüßen schnell und machen dann einen großen Bogen um mich.
Freundin	*(überrascht)* Du gehst aus dem Haus?
Pechmarie	Warum denn nicht? Ich bin doch nicht aussätzig, oder?
Freundin	Nein, nein! Natürlich nicht.
Pechmarie	*(blickt die Freundin offen an)* Willst du wissen, was passiert ist? Ich meine, so wie ich es erlebt habe und nicht, was die Leute erzählen.
Freundin	Ja, natürlich! Ich meine, wenn es dir nichts ausmacht…
Pechmarie	Die Leute sehen nur das Resultat. *(zeigt auf ihre Pechstellen)* Und wahrscheinlich sagen sie, dass das die gerechte Strafe für meine Faulheit war. Stimmt's?
Freundin	*(druckst herum)* Na ja, so ähnlich.
Pechmarie	*(pflückt unter Schmerzen ein Stück Pech ab und legt es auf den Tisch)*
Freundin	*(hält vor Entsetzen die Hände vors Gesicht und lugt durch die Finger)*
Pechmarie	Ja, die Leute haben zum Teil Recht. Ich gebe es ja zu. Ich bin faul. Ich war schon immer so. Aber ich bin nicht faul, weil… ich es will, glaub mir das. Wenn ich sehe, mit welchem Spaß Goldmarie an ihre Arbeit

	geht, wie flink und selbstsicher sie alles macht, werde ich schrecklich neidisch. Wie gern wäre ich auch so! Aber leider bin ich es nicht. Hausarbeit hat mich schon immer angeödet. Ich könnte kotzen dabei.
Freundin	Aber sie muss nun einmal gemacht werden.
Pechmarie	Das weiß ich auch. Aber es steht nirgendwo geschrieben, dass man sie auch gerne machen muss, oder?
Freundin	Nein, das nicht. Aber was man gerne macht, geht einem doch immer schneller und leichter von der Hand.
Pechmarie	Auch das weiß ich. Aber wie schafft man es, etwas gerne zu tun, was einen anödet? Schon als wir noch klein waren, hat Goldmarie gern gespült und geputzt. Ich dagegen hab damals schon lieber gemalt, mir Geschichten ausgedacht oder einfach vor mich hin sinniert. *(blickt nachdenklich vor sich hin)* Weißt du, es war eine schlimme Zeit für mich, damals, als mein Stiefvater, der Vater von Goldmarie, gestorben ist. Im Jahr zuvor erst war mein leiblicher Vater gestorben, Mutter hat dann recht schnell wieder geheiratet. Ich habe plötzlich einen Vater verloren, eine Stiefschwester und einen Stiefvater dazugekriegt und den Stiefvater wieder verloren. Und dazu das Gerede der Leute über meine Mutter: *(hinter vorgehaltener Hand)* ‚Ist es nicht seltsam, dass sie in so kurzer Zeit zwei Ehemänner zu Grabe trägt?' Das hat mir richtig einen Stachel ins Herz gepflanzt und ich habe meine Mutter immer öfter scheel angesehen.
Freundin	Ich erinnere mich. Aber hat deine Mutter nicht immer zu dir gehalten?

Pechmarie	Damals schon. Sie hat auch so etwas im Blut wie ich. Sie schreibt heimlich Gedichte. Die immer-fleißige Goldmarie war ihr auch nicht geheuer. Vielleicht hat sie sie deswegen so getriezt.
Freundin	Es ist schon der Hammer, jemanden spinnen zu lassen, bis die Finger blutig sind!
Pechmarie	Ja, Mutter hat Tiefen in sich, die ich nicht ausloten möchte. Vor allem, wenn ich an meine beiden Väter denke. *(mit strengem Blick auf die Freundin)* Das bleibt aber unter uns!
Freundin	*(erschrocken)* Ja, natürlich!
Pechmarie	Vollkommen verändert hat sich Mutter, als Goldmarie nach ihrem Trip bei Frau Holle wiedergekommen ist. Erstens mussten sie und ich in der Zwischenzeit die ganze Hausarbeit machen. Und da wir das alle beide nicht lieben, hat's bei uns oft schlimm ausgesehen. Schon allein deswegen hat sie sich tierisch gefreut, als Goldmarie wieder da war. Na, und dann noch mit so einem Haufen Gold! Von da an spielte ich die zweite Geige. Ständig lag Mutter mir in den Ohren, ich solle doch auch zur Frau Holle gehen und so viel Gold mit nach Hause bringen. Schließlich dachte ich mir, dass wir uns dann vielleicht eine Putzfrau leisten könnten und so habe ich es halt getan. Es war ein Alptraum, sag ich dir. Stärk dich lieber mal, bevor ich dir das erzähle. *(deutet auf Kaffee und Plätzchen)* Hab ich beides selbst gemacht.
Freundin	Danke. *(trinkt vom Kaffee, man sieht ihr an, wie bitter er schmeckt. Knabbert vorsichtig an einem der schwarzverbrannten Kekse, verzieht wieder das Gesicht)*

(Goldmarie und die Stiefmutter kommen zur Haustür herein. Diesmal trägt Goldmarie ein weißes Leibchen, die Stiefmutter ist wieder bepackt mit weißem Stoff und Faden. Sie eilen an Pechmarie und der Freundin vorbei in das rechte Zimmer hinein)

Stiefmutter   Nun rasch, husch, husch! *(mit einem Blick auf die Freundin)* Lass es dir schmecken, Paula!
Goldmarie   *(goldig)* Lass es dir schmecken, Paula!
Stiefmutter   *(zu Goldmarie)* Schnell, eile dich, eile dich!

(Pechmarie und die Freundin sehen den beiden nach)

Pechmarie   Nun hör gut zu, was für einen Horrortrip ich durchgemacht habe. Ich sprang also in den Brunnen und wachte auf der Blumenwiese auf. Bald kam ich zum Backofen. Das war vielleicht unheimlich, als die vielen Brote darin sprachen! Hast du schon mal Brot sprechen gehört?
Freundin   *(schüttelt entsetzt den Kopf)*
Pechmarie   Siehst du, ich auch nicht. Es klang fürchterlich. So Stimmen übereinander gelagert und leicht zeitlich verschoben. Wie die Stimme von Regan im Exorzisten, als sie vom Teufel besessen war. *(blickt die Freundin scheu an)* Ich mach dir das mal vor, dann kannst du es dir besser vorstellen. Und ich arbeite es dadurch auf, sagt mein Therapeut. Nennt sich ‚Therapeutisches Rollenspiel'. *(steht auf, läuft vor, sammelt sich. Macht dann eine Brücke rückwärts, sagt mit dunkler, gequetschter Stimme)* ‚Zieh mich heraus, zieh mich heraus, ich bin schon längst fertig gebacken!'
Freundin   *(hat ihr entsetzt zugesehen)* Grauenvoll! Du Arme!

Pechmarie	*(setzt sich wieder)* Ja, es war furchtbar! Ich hatte schreckliche Angst. Aber du kennst mich ja, ich zeig das nicht. Obwohl mir das Herz bis zum Halse schlug, hab ich ganz frech geantwortet ‚Zieh dich doch selber heraus!' und bin schnell weitergegangen. Beim Apfelbaum war's dasselbe. Nur noch viel unheimlicher. Bäume haben für mich schon immer so etwas Erhabenes und Mächtiges. Ich hab mir vor Angst fast in die Hose geschissen, als der Baum zu mir sprach. *(steht auf, geht vor, sammelt sich, spielt dann Baum. Bewegt die Arme, macht ein Rauschen nach)* Sch... sch... sch! Rüttle mich und schüttle mich, meine Äpfel sind schon längst reif!'
Freundin	*(hat mit großen Augen und offenem Mund zugehört)* Kaum zu glauben! Du Arme, Arme!
Pechmarie	*(setzt sich wieder)* Es war schrecklich. Ich kann heute noch nicht in den Wald gehen vor Angst. Dagegen kam mir die Frau Holle sogar ganz nett vor, obwohl sie ein Gebiss hatte, das eines Pferdes würdig gewesen wäre. Wenigstens war sie ein Mensch! Am Anfang fand ich ja auch alles ganz okay dort. Ich hab mich wirklich bemüht, glaub mir! Ich hab alle Arbeit im Hause gemacht und die Betten geschüttelt wie blöd. Aber so mit der Zeit hat mir einfach was gefehlt. Es war kein Heimweh, so wie bei Goldmarie. Es gab einfach nichts anderes als Arbeit! Wenigstens abends hätten wir uns doch mal unterhalten können. Oder was singen, dichten oder malen. Aber nein, an jedem Abend waren wir mit irgendwelchen Näharbeiten beschäftigt oder waren an doofen Stickrahmen gesessen und haben immer dieselben doofen Blumen gestickt. Und wenn ich was erzählt habe, hat sie im-

mer nur mit dem Kopf genickt und mir lächelnd ihr Pferdegebiss präsentiert. *(probiert selbst vom Kaffee, macht ein angewidertes Gesicht)* Es war alles so öde. Früh aufstehen, Betten machen, Hausarbeit verrichten, abends nähen oder sticken. Kein vernünftiges Gespräch, kein Lachen, keine Ausflüge, nicht mal ein Spaziergang. Ich hab trotzdem weitergemacht. Ich wollte Mutter beweisen, dass auch ich es schaffe! *(haut mit der Faust auf den Tisch)* Und ich gebe auch ganz offen zu, dass ich auf das Gold scharf war. Aber von Tag zu Tag ist mir alles schwerer gefallen. Nicht nur psychisch, körperlich auch. Meine Arme und Beine wurden irgendwie immer schwerer und kraftloser. Und ich war nur noch müde. Das Aufstehen am Morgen fiel mir immer schwerer. Die Schultern ließ ich hängen, mein Kopf wollte gar nicht mehr aufrecht bleiben und mein Gesicht wurde von Tag zu Tag ausdrucksloser. Heute weiß ich, was da mit mir los war.

Freundin Was denn?

Pechmarie Mein Therapeut, bei dem ich seit dieser Geschichte in Behandlung bin, hat es mir gesagt. Ich hatte eine Depression. Aber eine, die sich gewaschen hat! Wer wochen- und monatelang Tag für Tag gegen seine Natur lebt, der wird eben depressiv. Und ausschließlich blöde, öde Hausarbeit verrichten ist mir halt nun mal nicht gegeben. Also bin ich gegangen und hab gedacht, dass ich wenigstens ein bisschen Gold bekommen würde. Ich hatte ja gar nicht so viel erwartet wie bei Goldmarie. Aber dafür, dass ich so krank war, wurde ich auch noch so grausam bestraft mit diesem schrecklichen, schwarzen Zeug.

Freundin	*(hat ohne hinzusehen die Tasse genommen und zum Mund geführt, es fällt ihr aber im letzten Moment auf und sie setzt sie wieder ab)* Du Arme, Arme, Arme!
Pechmarie	Du kannst dir nicht vorstellen, wie schlimm das war. Ich wusste vorher nicht, was für Schmerzen ein Mensch aushalten kann, wenn er muss. Scheiße, Mann, das Pech hat so gebrannt, dass ich erst einmal ohnmächtig geworden bin. Als ich aufwachte, lag ich am Dorfeingang. Mittlerweile war das Pech Gott sei Dank schon etwas abgekühlt. Kannst du dir vorstellen, wie ich mich gefühlt hab, als ich den Dorfleuten begegnet bin?
Freundin:	*(schüttelt nur fassungslos den Kopf)*
Pechmarie	Ich hab mich so geschämt. Aber es war noch nicht zu Ende! Ich hatte mich so gefreut, als unser Haus in Sicht war und hab mir gesagt: ‚Jetzt hat der Alptraum ein Ende! Endlich weg von sprechenden Bäumen und Broten und von pferdegesichtigen, alten Hexen! Endlich zuhause und in Sicherheit.' Ja, Pfeifendeckel! Plötzlich schrie der Hahn auf dem Mist seinen schrecklichen Spruch. Immer und immer wieder. So laut, dass es das ganze Dorf gehört hat und zusammengelaufen ist! Und begafft haben sie mich und ausgelacht und mit den Fingern haben sie auf mich gezeigt! *(springt auf, läuft vor, geht in die Hocke, spielt Hahn)* ‚Kikeriki, Kikeriki, unsere schmutzige Jungfrau ist wieder hie!'
Freundin	*(hat die Hände an die Wangen gelegt vor Grauen)* Du Arme, Arme, Arme, Arme!
Pechmarie	*(setzt sich wieder)* Es war so grauenvoll! Und so demütigend. Allerdings war das seine letzte Amtshandlung, er hat nicht sehr gut geschmeckt. *(pflückt wie-*

	der unter Schmerzen ein Stück Pech ab und legt es auf den Tisch, die Freundin sieht entsetzt zu)
Freundin	Was hat denn deine Familie dazu gesagt?
Pechmarie	Na, geschockt waren sie. Und Mutter war eine echte Enttäuschung. Sie hatte sich ja vorher schon ziemlich der Goldmarie zugewendet und seit der Pech-Geschichte ignoriert sie mich noch mehr. Momentan geht sie ganz auf in den Hochzeitsvorbereitungen für Goldmarie und Nachbars Franz, wie du vielleicht schon bemerkt hast.
Freundin	Ah so!
Pechmarie	Aber Goldmarie war lieb. Wie immer. Und wie öde. *(atmet tief ein und aus und lehnt sich zurück)* So. Jetzt kennst du die Geschichte. Aber du brauchst das nicht weiterzuerzählen. Die Leute hätten kein Verständnis dafür. So Menschen wie ich, die nicht gerne arbeiten, werden auf dem Dorf nicht verstanden. Im Gegenteil, die Leute stürzen sich auf dich und zeigen mit dem Finger auf dich, um ihre eigenen Bedürfnisse zu verstecken. Und um das zu verurteilen, was sie vielleicht selber gerne täten. Das sind Abwehrmechanismen, Rationalisierung oder Projektion oder so was. Hat mir auch mein Therapeut erklärt.
Freundin	*(atmet ebenfalls tief ein und aus)* Und was hast du jetzt vor? Willst du hier bleiben?
Pechmarie	Um Gottes Willen. Nein, ich gehe demnächst nach Hollywood. Ich habe ein Buch über meine Erlebnisse geschrieben und Warner Brothers hat sich die Filmrechte gesichert. *(zeigt der Freundin das Buch)* Ich darf die Hauptrolle spielen. Allerdings erst, wenn der Rest des verdammten Pechs abgegangen ist. *(kratzt wild am letzten Pech herum)*

Freundin	*(entsetzt)* Nicht!
Pechmarie	Ach, wer so was mitgemacht hat, wie ich, der ist nicht mehr so empfindlich.
Freundin	*(steht auf und gibt Pechmarie die Hand, zieht sie allerdings sofort zurück, als sie das Pech daran bemerkt)* Ich wünsche dir alles Gute, Pechmarie. Danke für den... Kaffee und die... Plätzchen.
Pechmarie	Ich heiße Hannah, falls du es vergessen hast. *(steht ebenfalls auf)*

(Stiefmutter und Goldmarie kommen wieder aus der rechten Tür an den beiden vorbei geeilt. Goldmarie trägt diesmal einen weißen, mit glitzernden Pailletten bestickten Rock, an dessen Schleppe die Stiefmutter sogar noch im Laufen herumstichelt)

Stiefmutter	Husch, husch zur Nachbarin, wie konnten wir nur die Ärmel dort vergessen! *(mit einem Blick auf die Freundin)* Du gehst schon? Auf Wiedersehen, Paula!
Goldmarie	*(goldig)* Auf Wiedersehen, Paula!

(beide eilen zur Haustür hinaus, die Stiefmutter hört man draußen noch sprechen)

Stiefmutter	Nun auf, auf, husch, husch!

(Hannah und Paula gehen zur Haustür und öffnen sie)

Hannah	Ich schreibe dir aus Hollywood. Der Film wird ein Renner werden, das weiß ich. Du wirst sehen, bald wird jedermann meinen Namen kennen. Mit dem Film und mit dem Buch werde ich genug verdienen, um mir eine Putzfrau leisten zu können. Ich werde

	nie mehr öde Hausarbeit machen müssen. Ich werde in Künstlerkneipen sitzen und philosophieren. Ich werde viel lesen, Gedichte schreiben und malen. Und lange Spaziergänge machen. Allerdings vorerst nicht in Wäldern. Es wird mir gut gehen, und ich werde endlich so leben können, wie es mir gefällt und wie es meiner Natur entspricht. Das ist letztendlich mein Preis aus der ganzen Geschichte. Und das ist mir mehr wert, als alles Gold der Welt.
Freundin:	*(verständnislos)* Nun ja. Jedenfalls, mach's gut. *(geht hinaus)*

(Hannah geht zum Tisch zurück und setzt sich wieder hin. Sie trinkt einen Schluck Kaffee, verzieht dann das Gesicht und schüttet ihn in einen Blumentopf. Knabbert an einem Plätzchen, macht abermals ein angewidertes Gesicht und wirft das Plätzchen zum Fenster hinaus. Draußen hört man ein „Au!" der Freundin, die auf die Stiefmutter und auf Goldmarie getroffen ist und sich mit ihnen unterhält.)

Hannah	*(sammelt sich. Summt dann ein Liedchen, so wie Kinder es tun, wenn sie in einen dunklen Keller gehen und kratzt am letzten Pechstück herum. Plötzlich hält sie es in der Hand. Sie sieht es erst ungläubig an, lacht dann laut auf und wirft es zum Fenster hinaus, woraufhin wieder ein „Au!" ertönt. Ruft stolz und wild triumphierend)* Das war das letzte Stück! Auf nach Hollywood!

Warum die kleine Meerjungfrau an einer spiritistischen Sitzung teilnahm

1. Kapitel

Nein, die kleine Meerjungfrau weinte nicht um ihren Prinzen, der eine andere geheiratet hatte. Luftgeister weinen im Allgemeinen nicht. So ohne Körper ist das Weinen auch nicht recht befriedigend. Ohne nach unten gezogene Mundwinkel, eine rinnende Schniefnase und gerötete Augen, die in Tränen schwimmen.

Die kleine Meerjungfrau hatte erst einmal genug damit zu tun, sich an das Dasein als Luftgeist zu gewöhnen. Es war so ganz anders als das eines Menschen oder Meermenschen. Staunend stellte sie fest, dass sie alles wahrnahm, was sie auch bisher wahrgenommen hatte. Aber es geschah auf einer rein geistigen Ebene. Sie ‚hörte' die Vögel zwitschern, ‚roch' den Duft der Blumen und ‚fühlte' den Abendwind.

Sie entdeckte auch, dass sie sich mühelos in alles, was existierte, hineindenken und hineinfühlen konnte. Sie erkannte, dass alles, was ist, auch Geist ist. Auch Gefühle, sie sind die Gedanken des Herzens. Es bereitete ihr einen Riesenspaß, sich in die Welt der verschiedensten Kreaturen sozusagen einzufädeln. Sie wälzte sich wohlig mit den Schweinen im Schlamm, trug mit den Ameisen voller Stolz und Emsigkeit ein Rindenstück mit dem dreißigfachen ihres Gewichts, flog scheinbar schwerelos als Biene von Blume zu Blume und naschte verlangend vom süßen Nektar.

Die kleine Meerjungfrau wurde immer mutiger. Mit den Bäumen krallte sie kraftvoll ihre Wurzeln in die Erde, sog mit den Steinen bedächtig die Wärme der Sonne auf und als Feuer fraß sie sich heiß und gierig durch das trockene Holz.

Sie dachte an ihr bisheriges Leben, ihre kleine, so begrenzte Existenz als Meerjungfrau. Und dann als Mensch, nicht Fisch, nicht Fleisch, stimmlos, mit wehem Herzen und schmerzenden Beinen. Wie wenig wusste sie doch von dieser Welt, von ihren Geschöpfen und deren Leben, Lieben und Leiden! Und da befiel sie eine Art Rausch, alles, wirklich alles erkunden zu wollen, was die Welt zu bieten hatte.

Die kleine Meerjungfrau stellte Kategorien auf, die sie regelrecht abarbeitete, um ja nicht irgendein Erlebnis zu versäumen. Sie durchlebte in allen möglichen Daseinsformen die mannigfaltigsten Empfindungen: Liebe, Fürsorge, Wut, Lust, Gier, Angst, Hass und alles was sie sonst noch auf dieser Welt entdeckte.

Eine Weile interessierte sie sich für die Wollust, die in ihrem kleinen, unschuldigen Leben bisher noch keine Rolle gespielt hatte. Sie fühlte die Angst des Männchens der Schwarzen Witwe, das sehr genau wusste, dass es sein Leben riskierte, sich aber in unwiderstehlichem Zwang seiner Angebeteten näherte. Sie verspürte die Schmerzen der Katze, die ihr der Akt bereitete, die aber trotzdem die Kater immer wieder mit ihrem schaurigen Gesang anlockte. Sie klinkte sich auch in zwei sich liebende Menschen ein und erfuhr, wie berauschend und beglückend die körperliche Vereinigung sein konnte.

Bei ihren Streifzügen und Experimenten durch Flora und Fauna entdeckte die kleine Meerjungfrau gewisse Gesetzmäßigkeiten. Je komplexer eine Struktur war, umso vielfältiger und widersprüchlicher waren auch deren Gedanken und Gefühle.

Als sie sich in einem Grippevirus befand, fühlte sie einzig den Trieb: *Manipulieren und vermehren, manipulieren und vermehren...* Dagegen schoss in dem Mann, der gerade die Hände um den Hals seiner Frau gelegt hatte, eine überwältigende Flut an Gefühlen und Gedanken durch die kleine Meerjungfrau:

Jahrelang habe ich mir deine Sticheleien anhören müssen immer bin ich ruhig geblieben sogar als du mich auf der Hochzeit unserer eigenen

Tochter so beschämt hast indem du vor allen Gästen sagtest hoffentlich hätte sie mehr Glück als du mit ihrer Wahl das hat mich so gekränkt oder als du mich beim Abendessen mit meinem Chef so blamiert hast indem du behauptetest die Rangordnung bei uns zuhause wäre wie in der Firma der Chef wärest du dann käme unsere Tochter und dann der Hund den Rest ließest du unerwähnt aber alle konnten sich ihren Teil denken das war so peinlich so schrecklich peinlich für mich aber dass du jetzt auch noch mit meinem besten Freund ins Bett steigst ist das allerletzte das ist so demütigend ich ertrage das nicht dabei habe ich dich einmal so geliebt deine langen blonden Haare die jetzt in wirren Strähnen von deinem Kopf abstehen und deinen sinnlichen Mund der jetzt so verzerrt ist und deine schönen blauen Augen die jetzt in panischer Angst hervorquellen und jetzt JETZT in Agonie brechen... was hab ich getan oh Gott was hab ich getan...

Es war furchtbar! Nach dieser Erfahrung verlor die kleine Meerjungfrau mit einem Schlag ihre Lust an weiteren Mitfühlerlebnissen. Sie fühlte sich schlecht, besudelt, übervoll, als hätte sie zu viele Austern genascht. Sie dachte wieder an ihr unschuldiges Dasein als Meerjungfrau, das ihr jetzt vorkam, als wäre es eine halbe Ewigkeit her gewesen. Sie dachte an ihre reine Liebe zu dem Prinzen. Ja, dahin sehnte sie sich plötzlich zurück. Das musste doch machbar sein, in dieser Welt, in der der Geist bestimmte, was man fühlte, die Gefühle die Handlungen bewirkten und die Handlungen das Geistige manifestierten. Das musste doch machbar sein!

2. Kapitel

Die kleine Meerjungfrau stromerte in Gedanken umher. Jetzt, da sie ihre ‚Fühler' danach ausstreckte, nahm sie andere geistige Wesenheiten wahr. Vielleicht war eines dabei, das ihr helfen konnte! Sie traf auf viele Luftwesen, die in ähnlicher Lage waren wie sie. Einige genossen noch den Rausch, mit allem eins werden zu können, andere waren auf der Suche nach einem Wie-geht-es-weiter, wieder andere hatten sich zwanghaft in irgendeine Existenz eingeklinkt und wussten nicht mehr, wie loskommen. Und manche waren in einer Art hoffnungsloser Starre gefangen. Die kleine Meerjungfrau blieb jedoch hartnäckig und sandte unverdrossen ihre geistigen Sensoren nach einem Wesen aus, das erfahrener war. Und sie wurde belohnt.

„Hach, bist du lästig, Schnuckelchen! Bist wohl zulange in einer Zecke gewesen, was?"

Das war so kraftvoll, so nah und deutlich, dass die kleine Meerjungfrau zurückprallte. „Wer bist du?" fragte sie zaghaft.

Hätte das Wesen eine Stimme gehabt, wäre sie rauchig, dunkel und verführerisch gewesen: „Nun, ich war einmal Oripiades, Berater eines großen griechischen Feldherrn oder habe als Rochazepetl bei den Mayas am Großen Kalender mitgeschrieben. Der ja heutzutage immer wieder mal in aller Munde ist, ich könnte mich totlachen... Zuletzt war ich Barbarella, Hexe aus dem Mittelalter. Was danach in der Welt so kam, hat mich nicht sonderlich gereizt. Bis auf die Atombombe, die hätte ich gerne erfunden. Aber da sind mir der Oppenheimer und der Einstein zuvorgekommen. Außerdem bin noch immer dabei, meine Verbrennung von damals zu verarbeiten. Da hatte ich mir vielleicht ein bisschen zu viel vorgenommen."

Die kleine Meerjungfrau verstand kaum etwas von dem, was sie da zu hören bekam. Aber sie fühlte, dass Barbarella eine alte, erfahrene, wenn auch nicht unbedingt eine weise Seele war.

„Pass auf, was du denkst, Schnuckel", schnarrte Barbarella. „In dieser Dimension bleibt das nicht verborgen. Ich habe trotz meines Alters noch viel zu lernen, na und? Aber so dumm wie du, irgendwas noch einmal leben zu wollen, bin ich wahrlich nicht."

„Weshalb ist das dumm? Ich könnte doch manches anders, besser machen und meinen Prinzen doch noch bekommen!"

„Das halte ich für sehr unwahrscheinlich, Kleine."

„Ich schaffe das bestimmt." Die kleine Meerjungfrau war fest entschlossen. „Ich könnte der alten Meerhexe etwas anderes anbieten als meine Stimme, dann könnte ich mich mit dem Prinzen unterhalten. Und dann würde er merken, dass ich kein kleines Mädchen mehr bin."

„Du kleine Närrin, du warst aber ein kleines Mädchen. Eine erwachsene Frau braucht keine Stimme, um einen Mann von ihrer Reife zu überzeugen. Da genügen Hände, die an gewissen Stellen eines Mannes große Erkenntnisse herbeiführen können, Putzelchen."

Die kleine Meerjungfrau wusste ja inzwischen, wovon Barbarella sprach, aber sie zog es vor, nicht darauf zu antworten. „Warum sagst du eigentlich immer so komische Namen zu mir, Barbarella?"

„Na, wie soll ich dich denn sonst nennen, Hutzelputzchen? Ist doch besser, ich sage irgendetwas, als dich ständig ‚kleine Meerjungfrau' zu nennen. So heißt ja wohl jede von euch oder?"

Die kleine Meerjungfrau wurde nachdenklich. Ja, einen eigenen Namen hatte sie eigentlich nicht.

„Außerdem", Barbarella machte eine nachdrückliche Pause, „solltest du es jemals schaffen, zurückzukehren, tust du gut daran, dir einen Namen zuzulegen, dem du den Prinzen mit deiner schönen Stimme dann nennen kannst, Putzelchen."

Bei dem Gedanken, ihren Prinz wiederzusehen, begann der Ätherleib der kleinen Meerjungfrau zu vibrieren. Sie rief: „Barbarella, wie komme ich zurück?"

„Das ist der casus knaxus", sagte Barbarella, die anscheinend in irgendeinem ihrer Leben einmal eine Bildung genossen hatte. „Theoretisch gibt es schon Möglichkeiten, aber die haben alle einen Pferdefuß. Als erstes denke ich da an die ganz ordinäre Wiedergeburt."

„Das geht nicht." Die kleine Meerjungfrau wurde traurig. „Ich habe doch keine Menschenseele und kann deshalb auch nicht wiedergeboren werden."

„Schweig stille, wenn du keine Ahnung hast!", herrschte Barbarella. „Warst du nicht eine Weile Mensch, hm? Und hast du nicht dein Leben gegeben für das deines ignoranten Prinzen? Hm? Und bist du nicht zum Luftgeist geworden anstatt zu Meerschaum?" Und als die kleine Meerjungfrau etwas einwenden wollte: „Pscht, Schnuckelchen! Wenn du dir damit keine unsterbliche Seele verdient hast..."

„Meinst du?" Die kleine Meerjungfrau schöpfte wieder Hoffnung.

„Meine ich. Du hast also nichts weiter zu tun, als zu warten, bis alle Wesen, die dich kannten, gestorben sind. Dann kannst du dich mit dem Prinzen auf der Seelenebene absprechen, ob er die ganze Chose mit dir noch einmal mitzumachen geneigt ist und..."

„Aber wie lange dauert denn das?", unterbrach die kleine Meerjungfrau.

„Na, wie alt ist denn das jüngste Wesen, das du kennst?"

„Hm", die kleine Meerjungfrau überlegte. „Das dürfte die kleine Schildkröte sein, die Papa mir zum letzten Geburtstag geschenkt hat."

„Die werden so um die 120 Jahre alt."

Die kleine Meerjungfrau war entsetzt. „So lange kann ich unmöglich warten!"

Barbarella murmelte: „Irgendetwas stimmt ganz und gar nicht mit dir, Kleine. Zeit hat in dieser Dimension eigentlich überhaupt keine Bedeutung."

Die kleine Meerjungfrau schwieg und hätte sie ihren Körper gehabt, so hätte sie vor Ungeduld mit ihren Schwanzflossen gewedelt.

„Nun", es klang, als seufzte Barbarella, „ich habe schon immer eine Schwäche für Dickköpfe gehabt." Und nach einer Weile: „Wir probieren etwas aus. Komm mit, aber erschrick nicht."

Die kleine Meerjungfrau fühlte sich plötzlich mitgerissen in einem wirbelnden Sog und verlor das Bewusstsein.

3. Kapitel

Etwas war anders, komplett anders. Das spürte die kleine Meerjungfrau, noch bevor sie die Augen öffnete. Sie fühlte sich irgendwie schwer an. Und sie atmete. Und überhaupt, wieso hatte sie plötzlich wieder Augen, auch wenn diese noch geschlossen waren?

„Nun mach schon die Augen auf, Putzelchen, wir können hier nicht ewig bleiben."

Die kleine Meerjungfrau hörte Barbarellas Stimme, so wie sie sie als Mensch gehört hatte. Zögernd öffnete sie die Augen, die sie so plötzlich besaß. „Was... was ist geschehen?" Sie blickte sich um. Sie hatte Beine und saß auf einem Stuhl, der mit fünf anderen besetzten Stühlen um einen runden Tisch stand. Sie befand sich in einem nur schemenhaft zu erkennenden Raum, denn es brannte nur eine einzige dicke Kerze. Durch das diffuse Licht sah die kleine Meerjungfrau, dass alle Personen sich an den Händen hielten.

„Also, Schneckelchen, ich habe uns in eine Seance eingeklinkt. Wir haben nicht lange Zeit; für die Medien, in denen wir stecken, ist das sehr anstrengend. Deshalb bitte ich darum, auf sämtliche Begrüßungen und Höflichkeitsfloskeln zu verzichten und gleich in medias res zu gehen."

Als sie Barbarella so sprechen hörte, konnte die kleine Meerjungfrau sie sich sehr gut als Berater eines zögerlichen Feldherrn vorstellen.

„Die Kleine zu meiner Linken möchte in ihr früheres Leben zurück, Wiedergeburt kommt nicht in Frage. Irgendwelche Vorschläge Ihrerseits?"

„Also wirklich", ertönte eine kalte, scharfe Männerstimme gegenüber der kleinen Meerjungfrau. „Was fällt Ihnen ein, mich so mir nichts dir nichts ohne Vorwarnung und ohne mir den gebührenden Respekt zu zollen, in eine dilettantisch geführte Seance zu teleportieren?"

Der kleinen Meerjungfrau ward angst und bange.

„Herr Crowley, ich entschuldige mich in aller Form für diesen unverzeihlichen Fauxpas." Barbarella wusste anscheinend, wie man mit dem Aufgebrachten umging. „Aber angesichts der Dringlichkeit und Verzwicktheit der Sache war ich der Meinung, dass ich auf den Rat des größten Magiers aller Zeiten in keinster Weise verzichten kann."

Anscheinend hatte Barbarella den richtigen Ton getroffen: „Nun, wenn auch Ihre Schmeicheleien einzig und allein dem Zwecke entsprießen, mich milde zu stimmen, werde ich Gnade vor Recht ergehen lassen und auf Ihr Ansinnen antworten."

Obwohl die Gesichter der fünf Menschen am Tisch kaum zu erkennen waren, fühlte die kleine Meerjungfrau den Blick des Sprechenden auf ihr ruhen, durch einen eiskalten Hauch, der sie erstarren ließ.

„Die Magie hat Folgendes zu bieten: Die junge Dame könnte in ihr früheres Leben zurückkehren, indem sie den Körper einer anderen Frau besetzt und deren Geist kontrolliert. Sie müsste sich jedoch in Acht nehmen vor Priestern. Denen es trotz ihrer recht stümperhaften Zeremonien, genannt Exorzismus, hin und wieder gelingt, den Geist wieder auszutreiben."

„Was?" Die kleine Meerjungfrau war entsetzt. „Nein, das tue ich nicht, auf keinen Fall. Ich kann so etwas unmöglich jemandem antun!"

Die Stimme klang jetzt herablassend: „Nun, derlei pseudomoralische Bedenken werden Sie nicht weiterbringen, junge Dame."

Barbarella schaltete sich wieder ein: „Hat denn die Philosophie oder die Astrologie in dem Falle etwas zu bieten? Herr Da Vinci? Herr Nostradamus?"

„Nun, es ist interessant darüber nachzudenken, was geschieht, wenn sie es schaffen sollte." Der Herr zur Linken der kleinen Meerjungfrau hatte eine sehr angenehme, sonore Stimme. „Es könnte für alle Menschen, mit denen sie zu tun hat, weitreichendere Folgen haben, als es gehabt hätte, wenn ich zu meiner Zeit wirklich ein Flugzeug erfunden hätte."

Plötzlich ruckte der Stuhl schräg gegenüber der kleinen Meerjungfrau und eine raue Stimme ertönte: „Der Himmel wird aufreißen, Blitz und Donner werden herniederfahren! Die Erde wird aufbrechen und feuriges Gestein hervorwürgen! Die Elemente werden sich auflehnen, Sturm, Hagel und Sintfluten werden in rasender Wut über das sterbende Land hinwegfegen!"

Die kleine Meerjungfrau fing bitterlich zu weinen an vor Schreck.

Barbarella behielt ihre stoische Ruhe. „Herr Nostradamus, bitte machen Sie doch keine Pferde scheu, die noch gar nicht traben." Und zur kleinen Meerjungfrau: „Schätzelchen, beruhige dich wieder. Wir haben noch ein As im Ärmel. Aber die Zeit drängt! Was sagt denn die Wissenschaft zu unserem Problem, Herr Einstein?"

Die kleine Meerjungfrau folgte Barbarellas Blick. Von dem Angesprochenen ging plötzlich eine Rauchwolke in röhrenartiger Form aus. Interessanterweise roch sie nicht.

„Also bitte, Herr Einstein, können Sie nicht einmal als Geist auf Ihre Pfeife verzichten?", schimpfte Barbarella.

Die kleine Meerjungfrau bemerkte, dass der Gleichmut der ehemaligen Hexe bei Einstein zu bröckeln begann. Vielleicht war sie ja noch ärgerlich wegen seines Zuvorkommens bei dieser Atombombe, was immer das auch war.

Herr Crowley stöhnte entnervt: „Gott, gütiger, bin ich denn nur von Dilettanten umgeben? Das ist kein Rauch, das ist Ektoplasma. Es bildet sich desöfteren in spiritistischen Sitzungen. Ebenso zeigen sich andere Phänomene, wie Telekinese oder Levitation. Ich nehme an, dass sich dieses Medium entweder profilieren will oder am Ende seiner Kräfte ist."

„Sagte ich nicht zu Beginn, dass wir uns beeilen müssen?" Barbarella klopfte ungeduldig mit dem Fuß unter dem Tisch. „Also bitte,

Herr Einstein, lassen Sie uns etwas am Born Ihrer Weisheit teilhaben."

Es wurde immer deutlicher, dass Barbarella etwas gegen diesen Einstein hatte.

Dieser antwortete jedoch gelassen und in heiterem Ton: „Die Wissenschaft hat hier nichts zu bieten, außer interessante Theorien. Eine Zeitreise in die Zukunft ist theoretisch möglich, sie erklärt sich mit meiner Relativitätstheorie und dem Effekt der Zeitdilatation. Für eine Zeitreise in die Vergangenheit gibt es keine empirische Evidenz, nur vage Theorien."

„Ob Sie es glauben oder nicht, ich kann Ihnen folgen." Barbarella wurde zunehmend ärgerlich. „Dies mag aber nicht für alle hier zutreffen. Erklären Sie sich gefälligst so, dass die Betroffene sie verstehen kann! Und in Kurzfassung, bitte!"

Einstein lehnte sich in aller Ruhe in seinem Stuhl zurück. „Es gibt einige Theorien dazu, aber alle haben einen Haken. Die eine würde die junge Dame durch ein schwarzes Loch führen. Was nicht geht, weil nichts auf dieser Welt diese Reise überstehen würde. Nach einer anderen Theorie würde sie kein schwarzes, sondern ein Wurmloch passieren müssen. Die aber sind äußerst instabil und bräuchten Materie mit enormer negativer Energiedichte, was es nicht gibt. Da wäre auch..."

Während Einstein noch sprach, gingen plötzlich seltsame Dinge vor. Das Medium von Nostradamus zitterte am ganzen Leib, das von Da Vinci erhob sich mitsamt seinem Stuhl und wurde von den gehaltenen Händen nur mühsam am Davondriften gehindert.

„Schneller, Einstein, mach hinne!"

Barbarella verfiel anscheinend in den Jargon ihres letzten Lebens.

Einstein, immer noch die Ruhe in Person: „Da gäbe es noch die Umgebung zweier schnell aneinander vorbeifliegender kosmischer Strings, deren Existenz aber umstritten ist. Und ein paar neuere Experimente, zum Beispiel mit superluminaren Tunneln oder Tachyonen..."

„Hi...i...ilfe!" Medium und Stuhl der kleinen Meerjungfrau wackelten plötzlich nach allen Richtungen, so dass sie ordentlich durchgeschüttelt wurde. Die Rauchröhre, die von Einstein ausging, verdichtete sich und formierte sich zu einer hässlichen Fratze, die die kleine Meerjungfrau aufschreien ließ. Barbarellas Medium wiegte den Kopf hin und her, wimmerte und verdrehte die Augen, sodass man nur noch das Weiße sah.

Nostradamus raue Stimme erklang: „Hölle, Tod und Teufel!"

Barbarella schrie: „Wir müssen es beenden, halte durch, Schnuckelchen!"

„Noch nicht! Ich beginne gerade meinen Spaß an der Sache zu finden," sagte Crowley.

Sein Medium schien als einziges unversehrt und ruhig in seinem Stuhl zu sitzen. Doch die kleine Meerjungfrau bemerkte, dass es kaum noch atmete und seine Haut die Farbe eines trüben Novembertages angenommen hatte.

„Wieder einmal habe ich alleine etwas an Substanz zu bieten. Die junge Dame muss sich einer Disziplin bemühen aus der Lehre, die bis heute stets verkannt wird: der Mystik. Wir wissen alle, dass wir Berge versetzen können, wenn wir es nur wollen, das steht schon in der Bibel geschrieben. Im Allgemeinen denken wir, was wir fühlen, wir handeln nach unseren Gefühlen und unser Handeln bestimmt, was geschieht. Diesen Umweg müssen wir nicht machen. Wir können auf der Stelle das, was wir begehren, manifestieren. Warum es so wenigen gelingt, liegt an der falschen Wortwahl: Nicht der Glaube versetzt Berge, das ist zu wenig, auch ein Wollen reicht nicht, und sei es noch so groß. Es ist das Wissen! Man muss das, was man will, so wissen und fühlen, als wäre es bereits geschehen."

Während Crowley in aller Seelenruhe dozierte, schien um ihn herum der Teufel los zu sein. Die Rauchfratze war zur Größe eines Dinosaurierkopfes angeschwollen und sauste wild durch das Zimmer, begleitet von Keuchen, Wimmern und Klagelauten der Medien. Die Luft war so kalt geworden, dass der Atem gefror. Da Vincis Stuhl hob und senkte sich so abrupt, dass er zeitweise in der Luft schwebte. Es grollte und donnerte von allen Seiten und der kleinen Meerjungfrau vergingen vor Angst fast die Sinne.

„Tu, was er sagt, Schnuckel, um Himmels Willen, tu es!"

Fieberhaft dachte die kleine Meerjungfrau nach. Was hatte er gesagt? Sie durfte es nicht nur glauben und wollen, sondern musste es wissen. So wissen, als wäre es schon geschehen. Und während um sie herum das Getöse zu einem unerträglichen Finale anschwoll, schloss die kleine Meerjungfrau die Augen und dachte: *Ich bin in meinem alten Körper und schwimme gerade zur Meerhexe. Ich freue mich unbändig, denn diesmal werde ich meinen Prinzen bekommen. Ja dieses Mal heirate ich meinen Prinzen...* Sie ließ die Hände los und wieder riss ein Strudel sie fort. In dem Gedanken an die lieben Augen des Prinzen, der sie innig umarmte, wurde sie ohnmächtig.

4. Kapitel

Als sie wieder erwachte, schlug die kleine Meerjungfrau diesmal sofort die Augen auf. Sie atmete, aber ganz anders, als noch eine Minute zuvor. Ihr Körper wurde sachte hin und her geschaukelt. Ihre langen Haare umschmeichelten sie sanft. Auf ihrer Haut fühlte sie das Streicheln des Wassers und kleiner Meerestiere und -pflanzen.

Sie war wieder da! Mit einem Juchzen, das sich im Wasser eher wie ein Glucksen anhörte, schwamm sie wie ein verspielter Delphin hin und her und kreuz und quer. Sie glitt hinauf und hinunter, schlug Saltos und schoss hoch aus dem Meer hinaus, um sich mit einem kräftigen Platschen wieder hineinfallen zu lassen. Sie war wieder da. Und machte sich jetzt unverzüglich auf den Weg zur Meerhexe.

Mit einem gewaltigen Herzklopfen schwamm die kleine Meerjungfrau durch die Felsspalte zur Höhle der Meerhexe und ließ sich vor ihr nieder.

„Ich weiß schon, was du möchtest und du sollst es auch bekommen. Aber du musst dafür bezahlen!" Die Meerhexe lächelte süffisant.

So schnell war er da, der entscheidende Augenblick. Die kleine Meerjungfrau nahm all ihren Mut zusammen. „Du kannst meine langen, blonden Haare haben."

Die Meerhexe behielt ihr Lächeln bei, doch es gefror und sie stutzte einen Augenblick. Dann sagte sie: „Das reicht mir nicht!"

Damit hatte die kleine Meerjungfrau nicht gerechnet. „Was... was willst du denn noch?"

„Deine Stimme wäre mir lieber."

„Nein." Die kleine Meerjungfrau zitterte am ganzen Körper bis hinunter zu den Schwanzspitzen, ihre Schuppen sträubten sich vor Angst, aber sie blieb standhaft.

Die Meerhexe war anscheinend nicht an Kunden gewöhnt, die mit ihr feilschten. Sie murmelte: „Du müsstest mir eigentlich deine Stimme geben, das weiß ich genau." Und laut: „Dann gib mir zu deinen Haaren... den kleinen Finger deiner rechten Hand! Dann will ich's zufrieden sein."

Die kleine Meerjungfrau überlegte nicht lange. Diesen Verlust würde sie verschmerzen können. „So sei es", sagte sie, fasste ihre schönen Haare zu einem Zopf zusammen, betrachtete noch einmal ihre rechte Hand und bot der Meerhexe beides dar. Und bevor sie die Besinnung verlor, dachte sie: *Wie oft muss ich noch ohnmächtig werden, bevor ich meinen Prinzen in die Arme schließen kann...*

5. Kapitel

Wie von weit her, nahm die kleine Meerjungfrau tiefe, wohltönende Worte wahr. Sie schienen immer näher zu kommen. *Seine Stimme,* dachte sie, *das ist seine Stimme!*

„So wach doch auf! Was ist mit dir geschehen?"

Sie öffnete die Augen und sah direkt in die so innig herbeigesehnten, lieben braunen Augen des Prinzen.

„Wie fühlst du dich? Geht es dir gut?"

Wie fürsorglich er ist, dachte die Prinzessin und blickte ihm tief in die Augen. Dort aber spiegelte sich ihr Bild. Und sie sah unter einem kurzgeschorenen Jungenkopf ihren zarten Hals und darunter eine grobe Leinendecke. Das letzte Mal hatten ihre langen Haare ihre Blöße bedeckt. Der Prinz hatte sie nackt gesehen und sie dann zugedeckt! Die kleine Meerjungfrau errötete vor Scham.

„Kannst du mich hören? Verstehst du unsere Sprache? Kannst du sprechen?"

Ja, sie konnte sprechen und es wurde Zeit, dass sie es auch tat. „Ja, ich verstehe Euch", sagte sie mit ihrer klaren, schönen Stimme. „Und es geht mir gut."

„Wie heißt du, mein schönes Kind?"

Ach du liebe Güte, darauf hatte sie doch glatt vergessen! „Bar..." Barbarella war der einzige Name, der ihr einfiel. Aber den mochte sie nicht nehmen. Vielleicht konnte sie ihn abwandeln... Arababrell? Belarbrala? Rabarlabel? „Ich heiße... Bar... Bra..."

„Heißt du vielleicht ‚Barbara'?", kam der Prinz ihr zu Hilfe.

„Ja", flüsterte die kleine Meerjungfrau, mit einem Seufzer der Erleichterung.

„Nun komm erst einmal mit mir. Wir werden dich ankleiden und du wirst dich mit einem guten Mahle stärken."

Der Prinz führte sie in sein Schloss und umhegte und pflegte sie. Er ließ ihr die schönsten Kleider und die erlesensten Mahlzeiten zukommen und die kleine Meerjungfrau fühlte sich trotz ihrer schmerzenden Beine wie im Himmel.

Und wie wunderbar sie sich diesmal unterhielten! Der Prinz ließ die kleine Meerjungfrau in vielen Disziplinen unterrichten, sodass sie sich ihm bald ebenbürtig fühlte. Sogar Klavierspielen lernte sie, trotz des Verlusts ihres kleinen Fingers und sehr oft beglückte sie den Prinzen mit ihrem anmutigen Gesang. Er nahm sie überall hin mit und sie durfte in seinem Vorzimmer schlafen.

„Du bist mir das Liebste auf der ganzen Welt!"

So sagte der Prinz beinah täglich, aber die kleine Meerjungfrau war vorsichtig. Das hatte er das letzte Mal auch gesagt und sie trotzdem nicht geheiratet. Sie war sich unschlüssig, wie es jetzt weitergehen sollte. Er würde bald heiraten wollen. Sollte sie verhindern, dass er die schöne Prinzessin kennenlernte? Aber dann müsste sie ihm die Wahrheit sagen; bisher hatte sie vorgegeben, sich an nichts erinnern zu können. Und wenn sie einfach abwartete? Als sie eines schönen Nachmittags mit ihm im Schlossgarten auf einer Wiese saß, beschloss sie, mit ihrem Prinzen zu sprechen.

„Mein lieber Prinz, ich möchte mich heute mit Euch über etwas ganz Bestimmtes unterhalten."

Der Prinz sah sie besorgt an. „Du klingst so geheimnisvoll, meine liebe Barbara."

Es war vielleicht das Beste, gleich – wie sagte Barbarella – in medias res zu gehen. „Ihr denkt doch gewiss schon daran, dass ihr Euch bald verheiraten müsst."

„Ei, was nicht gar", lachte der Prinz. „Was interessiert dich das? Du weißt doch, dass du trotzdem immer bei mir bleiben kannst." Zärtlich strich er ihr eine Haarsträhne, die inzwischen nachgewachsen war, aus dem Gesicht.

Die kleine Meerjungfrau war gerührt, aber es war nicht das, was sie wollte. Was sie brauchte, zum Leben, und zwar im wahrsten Sinne des Wortes! „Ich weiß das und bin Euch zutiefst dankbar." Sie nahm seine Hand und küsste sie. „Aber ich... ich muss wissen, ob Ihr schon ans Vermählen denkt."

„Nun, auf meiner letzten Reise habe ich tatsächlich meine Braut gefunden. Du wirst dich erinnern, dass du nicht daran teilnehmen konntest, weil du unpässlich warst. Es wird dich freuen, zu hören, dass es das Mädchen ist, das mich gerettet hat, als mein Schiff im Sturm kenterte. Sie gleicht dir sehr; ihr beide werdet euch gut verstehen. Und wir werden zu dritt die schönsten Unternehmungen haben." Der Prinz sah sie liebevoll an und streichelte ihre Hand.

Die kleine Meerjungfrau war wie erstarrt. Er kannte sie schon! Das lief nicht gut, nein, das lief gar nicht gut! „Aber... aber, nein, das geht nicht, das... das dürft Ihr nicht!"

„Aber, aber, meine Liebe. Ist mein kleines Mädchen vielleicht eifersüchtig? Das muss es nicht." Er fasste sie an den Schultern und sah ihr tief in die Augen. „Du solltest wissen, dass du einen ganz besonderen Platz in meinem Herzen hast und immer haben wirst."

Von dieser liebevollen Geste gerührt, nahm die kleine Meerjungfrau ihren ganzen Mut zusammen: „Dann heiratet doch mich, mein Prinz!" So. Nun war es heraus und es gab kein Zurück mehr.

Der Prinz schien nicht erstaunt, er lächelte und sagte: „Schau, Barbara, das geht nicht. Du bist fast noch ein Kind, ich aber brauche eine Frau."

Was? Die kleine Meerjungfrau glaubte, ihren Ohren nicht zu trauen. Wie konnte er sie so verkennen? „Ihr habt mich an dem Tage, als Ihr mich gefunden habt, in voller Blöße erblickt", sagte sie mit belegter Stimme. „Habt Ihr da ein Kind gesehen?"

„Nun, natürlich bist du kein kleines Kind mehr, aber..."

„Aber was?" Kaum noch fähig, einen klaren Gedanken zu fassen, hob die kleine Meerjungfrau ihre Hand und streichelte den Prinzen. Sie strich über seine Wangen, fuhr mit den Fingern liebevoll die Konturen seiner Ohren nach. Sie streifte sanft über seine Lippen, verweilte dort, verstärkte den Druck und umkreise sie, wanderte mit zitternden Fingern über sein Kinn und den Hals. Sie hielt auf seiner Brust inne, rieb verlangend und mit fester Hand die kräftigen Muskeln, und wanderte tiefer.

Langsam, aber energisch umklammerte der Prinz die streichelnde Hand der kleinen Meerjungfrau und sah sie eindringlich an. „Wer bist du, Barbara? Sag es mir, wer bist du?"

„Ich bin nicht Barbara!", entfuhr es der kleinen Meerjungfrau. Und als sie dem fragenden, besorgten Blick des Prinzen begegnete, da begann sie zu erzählen. Sie ließ nichts aus und beschönigte nichts. Die ganze Geschichte, ihr ganzes Leben, das als Meerjungfrau begonnen hatte, als Luftgeist beendet war, und wieder im Meer einen Anfang genommen hatte. Und... ja... es lag in seiner Hand, wie es diesmal endete.

Der Prinz hatte ihre Hand losgelassen. „Dann warst du es also, die mich vor dem Ertrinken bewahrt hat", sagte er langsam. „Und deine Liebe zu mir ist so stark, dass du all diese Schrecken, Schmerzen und Mühen klaglos auf dich genommen hast." Er sah sie liebevoll an. „Du hast recht, kleine Meerjungfrau, du bist kein Kind mehr." Dann ergriff der Prinz ihre Hand wieder und sagte langsam: „Nach allem, was du für mich getan hast, wäre ich ein Schuft, wenn ich dich nicht zu meiner Frau machen würde."

Die kleine Meerjungfrau glaubte, sich verhört zu haben. „Ihr... du... willst mich wirklich heiraten?", stammelte sie.

Der Prinz sah sie fest an. „Ja, das will ich."

Die kleine Meerjungfrau konnte es kaum fassen. Sollte sie endlich am Ziel ihrer so langen, so heiß ersehnten Träume angekommen sein? „Du und ich? Wir werden heiraten? So richtig? Mit weißem Kleid und Schleier und Priester? Mit allem Drum und Dran?"

Der Prinz lachte. „Ja, mit allem Drum und Dran. Aber..." Er hob ihre Hand, küsste sie und streichelte sie, ganz besonders zärtlich die Stelle ihres verlorenen Fingers. Dann drückte er sie fest. „Eines muss ich dir klarlegen." Er blickte sie liebevoll und zugleich besorgt an. „Du weißt, dass du mir das Liebste auf der ganzen Welt bist und auch immer sein wirst. Doch gewisse Dinge zwischen uns werden niemals sein können. Denn meine Liebe zu dir ist eine ganz andere als die zu einem Eheweib. Sie ist die zu einem Kinde, oder die eines Bruders zu seiner Schwester."

Augen und Mund der kleinen Meerjungfrau öffneten sich. „Aber das kann sich doch ändern, nicht wahr? Ich habe als Luftgeist vieles erfahren, auch die körperliche Liebe!"

Die Augen des Prinzen wurden traurig. „Es schmerzt mich selbst, dass ich dir nicht die Gefühle entgegenbringen kann, die du mehr als verdient hast." Eindringlich sah er sie an. „Doch sicher weißt du auch, dass sie sind, wie sie sind. Sie lassen sich nicht herbeiwünschen und schon gar nicht erzwingen."

Tränen traten in die Augen der kleinen Meerjungfrau. Ja, ihr Prinz würde sie heiraten. Doch welchen Preis würde sie dafür zahlen müssen? Und was würde sie ihm damit antun? Sie blickte in sein trauervolles Antlitz. Dann drehte sich wieder einmal die Welt um sie und sie versank in tiefe Bewusstlosigkeit.

6. Kapitel

Die nächsten Tage verbrachte die kleine Meerjungfrau viel im Bett. Sie fühlte sich wie in Trance. Sie nahm wohl wahr, dass der Prinz ständig um sie war, aber sie handelte, als stünde sie neben sich. Sie schlief viel und träumte schwer. Schließlich verlor sie ganz das Gefühl für Traum und Wirklichkeit. Das erste, das sie wieder klar und deutlich wahrnahm, war eine raue, heisere Stimme:

„Schnuckel, hallo, Schnuckelchen!"

Die kleine Meerjungfrau hätte sich jetzt gerne die Augen gerieben. Aber sie musste feststellen, dass sie keine hatte. Wieder einmal.

„Da bist du ja wieder, Putzelchen. Hach, du glaubst nicht, wie schwer du zu finden warst. Ohnmächtige Luftgeister gibt es hier nicht oft."

Barbarella! Es war tröstlich, ihre schroffe Stimme zu vernehmen. „Was... was ist geschehen?"

„Das fragst du mich?" Barbarella lachte dunkel. „Nachdem du statt nach 70 Jahren nach so kurzer Zeit wieder da bist, nehme ich an, dass dein Vorhaben gründlich in die Hose ging."

In der kleinen Meerjungfrau erwachte die Erinnerung. Ja, es war schief gegangen. Es war so schrecklich schief gegangen, wie sie es sich niemals hatte ausdenken können. Und dann weinte sie doch, die kleine Meerjungfrau. Ungeachtet dessen, dass sie weder Augen noch Tränen hatte. Sie weinte sich die Seele aus ihrem kleinen Luftgeistleib.

„Na, na, Herzchen." Etwas linkisch versuchte Barbarella, die kleine Meerjungfrau zu trösten. „Nun erzähl der alten Hexe erst einmal, was geschehen ist." Und als außer Schluchzen nichts kam: „Das mit den Haaren dürfte schon einmal nicht ganz geklappt haben, ich kenne doch meine Kollegen. Außerdem sehe ich an deinem Ätherleib, dass dir etwas fehlt."

„Das mit dem Finger war gar nicht so schlimm", sagte die kleine Meerjungfrau schluchzend. „Und dann ging es erst ganz gut weiter und er wollte mich sogar heiraten."

Und wieder begann sie derart bitterlich zu weinen, dass es Barbarella himmelangst wurde. Weil sie sich so hilflos fühlte, blaffte sie: „Kindchen, nun stell mal die Heulboje ab. Das ist ja nicht zum Aushalten. Also, wenn er dich heiraten wollte, dann war doch alles in Butter!"

„Eben nicht", weinte die kleine Meerjungfrau. „Er sagte, dass er mich liebe wie ein Bruder seine Schwester und da konnte ich ihn nicht mehr heiraten. Das ertrug ich nicht und es tat mir auch um ihn Leid und... und..." Sie konnte vor Weinen nicht weitererzählen.

„Jesus, Maria und Josef, alle Heiligen und alle Teufel", tobte Barbarella. „Du hast seinen Heiratsantrag abgelehnt? Mensch, Putzelchen, wie dumm kann man sein? Gefühle können sich auch ändern! Und außerdem gibt es da noch andere Methoden. Liebestränke, Aphrodisiaka..."

„Nein", sagte die kleine Meerjungfrau erneut und beruhigte sich langsam wieder. „So etwas liegt mir nicht. Außerdem war er ja schon in das andere Mädchen verliebt."

„Aha, zu stolz gewesen. Und weiter? Schnuckelputz, lass dir doch nicht jedes Wort aus deiner nicht vorhandenen Nase ziehen!"

Die kleine Meerjungfrau sammelte sich. „Ich drängte ihn, dass er das Mädchen heiraten solle. Was er nach einigem Zögern dann auch tat. Ich hatte ihn angelogen und gesagt, dass seine Liebe genügen würde, um den Bann der Meerhexe zu brechen. Am Tag der Hochzeit bekam ich aber eine große Wehmut. Und in der Hochzeitsnacht wurde ich plötzlich zornig. Ich erkannte das Gefühl wieder. Ich hatte es einmal gehabt, als ich in einem Mann war, der... etwas Schlimmes getan hat. Ich holte mir ein Messer aus der Küche und schlich ins Schlafgemach."

„Und? Putzelchen! Und weiter?"

Die kleine Meerjungfrau sprach leise und stockend. „Ich... weiß nicht mehr, ob ich den beiden wirklich etwas antun wollte. Ich hatte das Gefühl, dass ich einfach nicht geschehen lassen durfte, was in dieser Nacht stattfinden sollte..."

„Das nennt man ‚point of no return'", sagte Barbarella fachmännisch.

„Als ich dann im Vorzimmer war, indem ich immer geschlafen hatte, stieg meine Wut ins Unermessliche. Ich sollte jetzt mit ihm in diesem Zimmer sein! Ich sollte mit ihm jetzt auf seinem Bett liegen. Mir sollten jetzt die zärtlichen Worte gelten, die ich dort vernahm."

„Und? Herrje!"

„In meiner Rechten das Messer haltend, drückte ich mit meiner Linken ganz sachte die Klinke nieder und schob die Tür vorsichtig einen Spalt auf. Dann wappnete ich mich, stieß die Türe mit einem heftigen Ruck auf und mit einem Schrei, der mir aus tiefster Brust entfuhr, stürzte ich ins Zimmer."

Und als die kleine Meerjungfrau schwieg, versonnen in ihrer Erinnerung, räusperte sich Barbarella. „Hm... du... du konntest nicht anders. Das gibt mildernde Umstände. Glaube mir, da kenne ich mich aus. Jeder, der deine Geschichte kennt – und ich werde dafür sorgen, dass man sie kennt – wird dich verstehen. Wie hat man dich bestraft? Verbrannt? Gevierteilt? Geköpft? Aufgehängt? Nein. Oh Gott, man hat dich doch nicht etwa gefoltert?" Und als die kleine Meerjungfrau weiterhin schwieg: „Schnuckel! Sprich mit mir!"

„Was?" Die kleine Meerjungfrau schreckte aus ihrer Versenkung auf.

„Was hat man dir angetan, Kindchen?"

„Nichts."

„Nichts?"

Die kleine Meerjungfrau seufzte. „Man hat mir nichts angetan, es ist ja auch weiter nichts passiert. Direkt hinter der Türe lagen die Schuhe seiner Frau, über die stolperte ich und schlug der Länge lang hin. Ich hatte Glück, dass ich mich mit meinem Messer nicht selbst verletzt habe. Aber ich wurde ohnmächtig, wieder einmal. Als ich wieder erwachte, kümmerten die beiden sich liebevollst um mich. Der Prinz kühlte meine fiebrige Stirn mit einem feuchten Tuch und seine Frau strich mir die Füße mit wohlriechendem Balsam ein."

Barbarella wollte sicher gehen. „Du hast den beiden nichts getan? Sie nicht erstochen? Und später auch nicht vergiftet oder ertränkt oder sonst irgendwas?"

„Nein, ich habe den beiden kein Haar gekrümmt." Die kleine Meerjungfrau war jetzt ganz ruhig. „Beide versprachen mir das schönste Leben auf dem Schloss. Aber als die Uhren im Schloss Zwölf schlugen, durfte ich einmal in ein erschrockenes und einmal in ein schmerzvolles Gesicht sehen, als ich mich langsam auflöste und zu einem Luftgeist wurde."

„Was für ein Erlebnis..." Barbarella sagte es voller Mitgefühl. Etwas, das bei ihr selten vorkam. „Nun ruhe dich erst einmal aus, dann werden wir Pläne schmieden, wie es weiter gehen soll."

„Wie – weiter?", fragte die kleine Meerjungfrau müde.

„Ja, Putzelchen, glaubst du denn, ich gebe so leicht auf? Da kennst du Barbarella schlecht! Du hast doch gehört, was die Herren auf der Seance gesagt haben. Es gibt noch andere Möglichkeiten, wieder zurückzukehren. Es wäre doch gelacht, wenn wir es nicht schaffen würden, uns so ein kleines Prinzchen zu angeln! Jetzt werde ich dir erst einmal beibringen, wie man einen Mann in sich verliebt macht. Davon hast du ja leider so überhaupt keine Ahnung. Dann kontaktieren wir vielleicht mal einen der alten Griechen, Pytagoras, Sokrates oder Aristoteles. Oder eine Weiße Hexe; bei der pechschwarzen Aura von Crowley musste ja alles schiefgehen. Lass die alte Barbarella mal machen, wir kriegen das schon noch hin, Schnuckelchen..."

ENDE
(vorerst)

Das tapfere Schneiderlein im Dschungelcamp

Es war mal ein klein' Schneiderlein, man fand ihn kaum im Hemd,
war frohgelaunt und arbeitsam und Trübsal war ihm fremd.

Desgleichen auch Bescheidenheit; als er erschlug paar Fliegen,
da stickte er auf seinen Wams: Auf einmal alle Sieben!

Er lief damit hinaus; die Welt es unbeseh'n ihm glaubte,
tatsächlich ein paar Kreatur'n des Schneid's er recht beraubte.

Trickst' Riesen aus, 'nen Eber auch, ein Einhorn fing er ein,
die hundert Reiter hinter ihm, die fühlten sich ganz klein.

Er bracht' es bis ins Königshaus, die Tochter er dann freite,
doch als ihr Mann vom Schneidern träumte, schnell sie das bereute.

Der König schickt' Soldaten nachts, zu richten diese Chose,
des Schneiders Taten hörend, machten die sich in die Hose.

Von da an traut' sich keiner mehr, Paroli ihm zu geben;
deswegen muss die Königstochter mit dem Schneider leben.

Und die Moral von der Geschicht': Bist' auch ein kleiner Mann,
denk groß von dir, verzage nicht, hab' List, das Glück kommt dann

von ganz alleine. Doch dabei ist meist ein Wermutstropfen
inmitten all des neuen Glücks. Wenn die Soldaten klopfen,

dann sei bereit und wehre dich! 's kann immer ein verdeckter
Groll der Reichen treffen dich; du bist ein Reingeschmeckter.

Doch wenn du nun den Fehler machst und dich zu sehr bemühst,
im Glauben, dass dich irgendwann mal die Prinzessin küsst,

so liegst du falsch. Nur dann wird sie auch gerne bei dir liegen,
wenn du dich gibst, so wie du bist; du darfst dich nicht verbiegen!

Entweder es geschieht, dass sie dich irgendwann mal schätzt,
und endlich Schluss wird damit sein, dass gegen dich man hetzt;

oder sie bleibt beim Widerwill', dann sollst du nicht verzagen,
dann hast zu lernen du, die Sach' mit Fassung nun zu tragen.

Zeig Großmut, gönn ihr, anderweit's Vergnügen sich zu suchen,
auch du kannst selber auf der Hotline dir ja mal was buchen.

Bild' in der High Society dein eignes Universum,
bleib' stets bei dir und lass sie lästern, kümmer' dich nicht drum.

Doch sollt' es sein, du fliegst hinaus dort aus der Welt der Reichen,
dann gibt's zwei Weg', ein Leben wieder für dich zu erreichen.

Entweder ziehst zurück du dich und schaffst dir eine Klause.
Oder du ziehst durch ihre Welt mit stürmischem Gebrause,

bringst ihre Kellerleichen öffentlich in Diskussion,
mithilfe dieses Senders in der Television,

der lebt von den Gestrandeten aus Film, Musik und Szene.
Wenn'st dort dein Leben nackig machst, kommst' wieder auf die Beene.

Dein Ruf zwar hin, doch bist du bald schon wieder aktuell,
dort in den Reih'n der B-Promis bei R und T und L.

Hans ist glücklich

In der kleinen, bayrischen Küchenstube sitzen die Anna und die Bärbl. Anna hat ihnen einen Schnaps eingeschenkt.
„Prost, Bärbl." Anna trinkt ihren Zwetschgenschnaps in einem Zug aus.
„Prost, Anna." Bärbl nippt nur.
„Das ist schön, dass du mich wieder einmal besuchst, Bärbl." Anna lehnt sich in ihren Stuhl zurück. „Seit der Hans wieder da ist, krieg' ich nicht oft mal jemand zu sehen." Anna rückt die Schale mit den roten und schwarzen Johannisbeeren näher zu Bärbl. „Greif zu, Bärbl", sagt sie.
Bärbl nickt. „Danke, Anna."
Anna blickt versonnen zum Fenster hinaus. „Ach ja, es ist ja auch schon wieder eine ganze Weile her."
„Wo ist er denn, der Hans?", fragt Bärbl.
„Draußen, bei den Obstwiese", sagt Anna, ohne den Blick vom Fenster zu nehmen.
„Was macht er denn so, der Hans?", fragt Bärbl weiter.
„Er kümmert sich ums Obst." Anna schaut immer noch hinaus.
„Soso, das ist fein, wenn er dir hilft." Bärbl trinkt jetzt doch den Schnaps aus.
Anna schenkt ihr nach und sich selbst auch. „Prost, Bärbl." Anna kippt den Schnaps hinunter.
Bärbl trinkt nicht, trotzdem sagt sie: „Prost Anna."
„Ja", sagt Anna, „helfen tut er schon. So gut er halt kann."
Bärbl weiß nicht, was sie jetzt sagen soll. Schließlich sagt sie: „Na ja, wirst dich im Garten wenigstens nicht mehr bücken müssen."
„Ja", sagt Anna und schenkt sich noch einen Schnaps ein. „Er aber heuer auch nicht mehr."

„Wieso denn nicht?", fragt Bärbl verblüfft.

„Es ist bei uns heuer nichts mit Garten." Anna sagt es ganz ruhig.

„Wieso denn nicht?", wiederholt Bärbl.

„Es ist einer vorbeigekommen. Der hat dem Hans gesagt, er soll alles ausreißen. Dann soll er die Pflanzen gegen bestimmte Steine tauschen. Die Steine soll er dann unter die Erde graben. Die hätten so viele... Minerialien, dass es im nächsten Jahr dann doppelte Ernte hat." Anna schaut jetzt die Bärbl an.

„Und das hat er gemacht?", fragt Bärbl mit großen Augen.

„Das hat er gemacht." Anna trinkt ihren Schnaps aus. „Prost, Bärbl."

„Prost." Bärbl stiert vor sich hin. Ohne hinzusehen greift sie in die Schüssel und isst ein paar Beeren. Sie sind arg sauer, aber Bärbl will es sich nicht anmerken lassen.

Anna merkt es trotzdem. Sie steht langsam auf und holt aus dem Vorratsschrank eine Schale mit Backpflaumen. Sie stellt sie der Bärbl hin und setzt sich langsam wieder. „Nehm' dir", sagt sie.

Die Bärbl schaut die Pflaumen an. „Na ja", sagt sie jetzt, „ihr habt ja Gott sei Dank noch die Ziegen. Sie ist gesund, die Ziegenmilch. Und der Ziegenkäse auch."

„Keine Ziegen mehr da. Und auch keine Milch nicht. Und kein Käse." Anna hat die Hände in den Schoß gelegt und blickt wieder zum Fenster hinaus.

Bärbl braucht eine Weile, bis sie verstanden hat. „Wo sind sie denn, die Ziegen?"

„Weg", sagt Anna.

„Wie – weg?", fragt Bärbl.

„Da ist einer vorbeigekommen. Der hat gesagt, der Hans soll eine Ziege tauschen. Gegen eine Melkmaschine. Die andere gibt damit mehr als zwei zusammen, hat er gesagt."

„Und das hat er gemacht, der Hans?", ruft die Bärbl.

„Das hat er gemacht." Anna schenkt sich ohne hinzusehen noch einen Schnaps ein.

„Ja", fragt Bärbl weiter, weil die Anna nichts mehr sagt, „was ist denn mit der zweiten Ziege? Sag schon?"

„Die ist gestorben", sagt Anna. „Sie hat einen Schlag gekriegt. Von der Maschine."

„Ist nicht wahr!" Bärbl greift in die Pflaumenschale und isst jetzt eine Backpflaume nach der anderen.

„Das ist wahr." Anna sieht die Bärbl jetzt an. „Iss nicht zu viel davon, sonst kriegst du den Marsch." Sie steht langsam auf und holt ein Schraubglas mit zimtfarbenem Inhalt aus dem Schrank. „Birnenmus", sagt sie und stellt es der Bärbl hin. „Iss", sagt sie und setzt sich langsam wieder.

„Danke schön." Die Bärbl hat keinen Löffel, aber sie will auch keinen. „Ja", fragt sie langsam, „wenn ihr kein Gemüse mehr habt und keine Milch nicht und auch keinen Käse... ja was esst ihr denn dann?"

„Obst", sagt die Anna. „Ich hab auch noch Apfelringe. Die sind recht süß heuer. Magst du sie probieren?" Die Anna will aufstehen.

„Nein, nein!", ruft die Bärbl. Sie langt über den Tisch und zieht die Anna wieder nieder.

„Na, dann Prost, Bärbl." Anna macht ihr Glas leer.

Bärbl rührt nichts mehr an. „Ja, aber...", weiter kommt die Bärbl nicht, weil jetzt das Fenster von außen aufgestoßen wird.

„Hallo, Mutter! Grüß dich, Bärbl!"

Es ist der Hans, er lacht über das ganze Gesicht.

„Hallo Hans." Annas Gesicht ist wie vorher, nur ihre Stimme klingt ein wenig anders.

„Grüß dich, Hans", sagt Bärbl langsam.

Hans blickt lachend von der Bärbl zur Anna.

„Was... machst du denn so, Hans?" Die Bärbl fragt, weil man so etwas halt fragt.

„Ich hau die Obstbäume um!", sagt der Hans mit fröhlicher Stimme.

„Was machst du?", rufen Bärbl und Anna gleichzeitig.

Hans lachender Mund wird noch breiter. „Ich hau die Obstbäume um! Weißt du, Mutter, da ist einer gekommen, der hat gesagt, er weiß genau, dass unter einem unserer Bäume ein Schatz vergraben ist. Der viel, viel wertvoller ist als unsere Bäume. Und er wollt dafür auch fast nichts haben, nur das Obst. Und das Holz hat er mir auch noch weggeschafft. Was sagst du jetzt, Mutter?"

Anna reißt den Mund auf und schnappt nach Luft. Aber sie kriegt keine.

„Anna, Anna!", ruft die Bärbl.

Anna sinkt in ihren Stuhl zurück. Ihr Mund bleibt offen stehen und die Augen hat sie weit aufgerissen.

„Anna, Anna!", ruft die Bärbl noch einmal.

Die Anna rührt sich nicht.

Da geht die Tür auf und der Hans kommt herein. „Gelt, das freut dich einmal, Mutter", sagt er und lacht. „Da kannst du jetzt gar nichts drauf sagen vor Freude. Gelt, das mit dem Gemüse und den Ziegen, das war nicht gut, das hab ich schon gemerkt. Aber jetzt, jetzt hab ich's mal gut gemacht, gelt, Mutter?"

Die Bärbl schreit auf und rennt hinaus.

„Schau, Mutter", sagt der Hans, „was ich unter dem Zwetschgenbaum gefunden hab!" Er holt hinter seinem Rücken, in sein Schweißtuch eingewickelt, einen großen Goldklumpen hervor. Lachend sagt er: „Da schaust du mit großen Augen und offenem Mund und weißt nichts zu sagen vor Freud, gelt, Mutter? Er ist beinah so groß wie mein Kopf!" Hans tanzt mit dem Goldklumpen um die Anna herum.

Von draußen hört man die Bärbl schreien.

Die Strafsache Aschenputtel

Gerichtsverhandlung, Stück in 3 Akten

Bitte um Aufmerksamkeit: Juristen und sonstige Kenner der deutschen Judikative werden freundlichst gebeten, ein bis zwei Augen zuzudrücken.

Personen

Richter	*altehrwürdig, jedoch reizbar, durch die Außergewöhnlichkeit des Falls nervlich stark gefordert*
Staatsanwalt	*jung und unerfahren, etwas farblos*
Verteidiger	*alter Hase, gewieft, gibt sich gern jovial und degoutiert mit seiner etwas selbstgefälligen Art*
Gutachter	*Diplom in Psychologie und Parapsychologie, sehr gründlich, zuweilen etwas hypothetisch und kasuistisch*
Gerichtsdien.	*Gerichtsdiener und -schreiber, unscheinbar, aber nicht zu unterschätzen*
Aschenputtel	*Königin Aschenputtel, Angeklagte, feengleich zart und anmutig*
1. Schwester	*Erste Stiefschwester, böse*
2. Schwester	*Zweite Stiefschwester, noch böser*
Stiefmutter	*eine falsche Schlange*
Vater	*Vater von Aschenputtel, Geschäftsmann mit Leib und Seele, was seine Wahrnehmung ziemlich restringiert*
König	*ehemalig Prinz, Mann von Aschenputtel. Ein Adonis, ein Paris, einfach ein Bild von einem Mann*

Publikum *Zuschauer, sensationsheischend, aber mitfühlend*

Ort *der Gerichtssaal*

1. Akt

Der Richter betritt den Saal und begibt sich zu seinem Platz

Gerichtsdien. *(auffallend laut)* Erheben Sie sich!

(alle Anwesenden stehen auf)

Richter *(zum Gerichtsdiener)* Nun übertreiben Sie's mal nicht. *(blickt auf den bis zum Bersten angefüllten Saal mit sensationsheischenden Schaulustigen, murmelt)* Wäre ich nur letztes Jahr in Pension gegangen... *(laut)* Setzen Sie sich! *(setzt sich ebenfalls)* Zum Aufruf kommt die Strafsache Aschenputtel...

Verteidiger *(unterbricht)* Einspruch! Hohes Gericht, Euer Ehren, darf ich Sie daran erinnern, dass die Angeklagte mittlerweile zur Königin gekrönt wurde und das wird sie auch bleiben, es sei denn, ihre Schuld würde bewiesen. Was aber, nebenbei bemerkt *(lacht)* sicher nicht der Fall sein wird. Also hat sie Anspruch und das Recht darauf, mit ihrem Titel angesprochen und benannt zu werden!

Richter *(blickt auf, erkennt den Verteidiger, verdreht die Augen gen Himmel)* Ach, Sie wieder einmal.

Verteidiger *(lächelt strahlend)*

Richter	*(seufzt)* Herr Verteidiger, ich nehme Ihren Einspruch zur Kenntnis. Aber glauben Sie bloß nicht, dass sich das Hohe Gericht von diesem Titel irgendwie beeinflussen lässt – ebenfalls nebenbei bemerkt. *(seufzt noch einmal)* Ich fahre also fort. Angeklagte Königin oder meinetwegen auch königliche Angeklagte, erheben Sie sich!
Aschenputtel	*(steht leise auf, die Zuschauer verrenken sich die Hälse nach ihr)*
Richter	Der Angeklagten wird Folgendes zur Last gelegt: Sie sollen vorsätzlich auf Ihre Stiefschwestern Tiere gehetzt haben, die den beiden Frauen schweren körperlichen Schaden zugefügt haben. Wie äußern Sie sich dazu?
Aschenputtel	*(mit klarer Stimme)* Ich bin unschuldig!
Richter	Setzen Sie sich!
Aschenputtel	*(gleitet lautlos auf ihren Stuhl)*
Richter	Herr Staatsanwalt, Sie haben das Wort.
Staatsanwalt	*(springt auf, bemerkt, dass das unprofessionell wirkt, setzt sich schnell wieder, um sich erneut, diesmal gemäßigt zu erheben)* Hohes Gericht, ich rekonstruiere den Tag des folgenschweren Ereignisses, soweit mir die Tatsachen bekannt sind. Das Verhängnis geschah am Tag der königlichen Hochzeit. Als sich das Brautpaar in die Kirche begab, gingen die Erste Stiefschwester zur rechten und die Zweite Stiefschwester zur linken Seite der Braut. Auf den Schultern der Braut saßen zwei weiße Tauben, die nach Auffassung der Staatsanwaltschaft eindeutig als zu Königin Aschenputtel gehörig identifiziert werden konnten. Diese Tauben pickten der Ersten Stiefschwester das linke und der Zweiten Stiefschwester das rechte Au-

ge aus. Als das Brautpaar nach der Trauung aus der Kirche trat, gingen die Erste Stiefschwester links und die Zweite Stiefschwester rechts der Braut einher. Da pickten die Tauben der Ersten Stiefschwester auch das rechte und der Zweiten Stiefschwester auch das linke Auge aus.

(es herrscht Totenstille im Saal, unterbrochen von zwei Aufschluchzern der Stiefschwestern)

Staatsanwalt *(deutet die Betroffenheit der Anwesenden völlig miss)* Es ist etwas verwirrend, soll ich vielleicht einmal demonstrieren...

Richter Um Gottes Willen! *(blickt den Staatsanwalt kopfschüttelnd und bekümmert an, wendet sich dann an die Stiefschwestern)* Stimmen die Nebenkläger dieser Aussage zu?

Schwestern *(grausig anzusehen mit ihren leeren Augenhöhlen, bekommen von der Mutter, die zwischen ihnen sitzt, je links und rechts einen Rippenstoß. Im Chor)* Jawohl!

Richter *(beäugt scheu die beiden gezeichneten Frauen, murmelt)* Furchtbare Sache. *(dann, sich schnell abwendend)* Die Verteidigung hat das Wort!

Verteidiger Auch wir stimmen dem von der Staatsanwaltschaft beschriebenen Ablauf der Vorkommnisse zu. Was wir jedoch auf das Energischste zurückweisen, ist die Auslegung der beiden Stiefschwestern, Königin Aschenputtel habe die Tauben eigens zu diesem Zweck abgerichtet. Das ist eine infame Unterstellung, die völlig aus der Luft gegriffen ist. Die Angeklagte hat nichts mit dieser Sache zu tun. Deshalb plädieren wir für die Abweisung der Klage.

Richter	Schreiten wir nun zur Befragung der Zeugen. Die Zeugen mögen sich erheben: Ich befrage Sie: Sind Sie sich bewusst, dass Sie hier vor Gericht die Wahrheit und nichts als die Wahrheit sagen müssen?
Zeugen	*(aufgestanden, im Chor)* Jawohl, Euer Ehren!
Richter	Setzten Sie sich. Herr Staatsanwalt?
Staatsanwalt	Ich rufe in den Zeugenstand die Erste Stiefschwester.
1.Schwester	*(erhebt sich, tastet sich mit ausgestreckten Händen humpelnd ein paar Schritte voran, stolpert dann über ihre eigenen Füße)*
Richter	*(donnert)* Vielleicht hilft ihr mal jemand, verdammt noch mal! *(zum Gerichtsdiener)* Der letzte Teil kommt nicht ins Protokoll.
Gerichtsdien.	*(nickt automatisch, starrt entsetzt auf die Erste Stiefschwester, die nun vom Staatsanwalt in den Zeugenstuhl geführt wird, murmelt)* Mein Psychoanalytiker bekommt Arbeit. Viel Arbeit.
Richter	Bitte, Herr Staatsanwalt.
Staatsanwalt	Frau Erste Stiefschwester, können Sie irgendetwas zu dem Fall beitragen, das noch nicht gesagt wurde?
1. Schwester	*(nickt langsam)* Jaaa...
Staatsanwalt	*(wartet, und als nichts mehr kommt)* Dann, bitte, schildern Sie es uns!
1. Schwester	*(wirkt abwesend)* Waaas?
Staatsanwalt	*(verwirrt)* Was Sie uns zu sagen haben!
1. Schwester	Jaaa...
Staatsanwalt	Nun... *(wendet sich hilflos an den Richter)*
Gutachter	*(erhebt sich halb aus seinem Stuhl)* Vielleicht darf ich mich hier einschalten. Das Gutachten hat ergeben, dass die Erste Stiefschwester seit der tragischen Begebenheit, nun, sagen wir mal... nicht mehr ganz sie selbst ist.

Richter	Ich verstehe. Bitte, Herr Staatsanwalt, als Zeugin scheint mir die Frau Erste Stiefschwester wirklich nicht geeignet. Der nächste Zeuge bitte. *(und zum Gerichtsdiener)* Glotzen Sie nicht, schreiben Sie!
Gerichtsdien.	*(zuckt zusammen und beugt sich schnell über seine Unterlagen)*
Staatsanwalt	Ich rufe als Zeugin die Zweite Stiefschwester auf! *(hilft der Ersten Stiefschwester auf ihren Platz zurück und der Zweiten hin zum Zeugenstuhl)*
Richter	*(winkt den Staatsanwalt zu sich, flüstert mit vorgehaltener Hand)* Warum humpeln denn die beiden Stiefschwestern so?
Staatsanwalt	*(flüstert zurück, ebenfalls mit vorgehaltener Hand)* Weil sie sich Ferse und Zehen abgehackt haben.
Richter	*(bestürzt)* Warum denn das um Himmels Willen?
Staatsanwalt	Um ihre Füße in Aschenputtels Schuh hineinzubekommen.
Richter	*(kopfschüttelnd)* Oh Eitelkeit der Eitelkeiten! Wie abartig. Schrecklich. Grauenhaft. *(betrachtet die Zeugin erschüttert)*
Gerichtsdien.	*(auf einmal von seinem Schock genesen, anzüglich)* Euer Ehren?
Richter	*(ohne den Blick von der Zeugin zu nehmen)* Bitte, Herr Staatsanwalt, fahren Sie fort.
Staatsanwalt	Frau Zweite Stiefschwester, wie hat sich die Tragödie am Hochzeitstag Ihrer Meinung nach abgespielt?
2. Schwester	*(streckt den Arm aus und zeigt mit dem Finger auf den Richter, der erschreckt zusammenzuckt)* Sie hat sie verhext, diese verflixten Tauben!
Staatsanwalt	Ähem, Frau Zeugin, dort sitzt die Angeklagte. *(schwenkt den ausgestreckten Arm der Zeugin in Richtung der Angeklagten)*

2. Schwester *(zeigt nun auf Aschenputtel)* Sie hat sie verhext, diese verflixten Tauben!
Staatsanwalt Haben Sie Beweise für diese Behauptung?
2. Schwester Also, als meine Mutter dem Aschenputtel…
Verteidiger *(schnell von seinem Stuhl hoch)* Einspruch! Die Angeklagte hat das Recht…
Richter *(winkt ab)* Gewährt, gewährt. Bitte, Frau Zeugin, sprechen Sie die Angeklagte mit ihrem Titel an.
2. Schwester Hääh?
Staatsanwalt *(schnell)* Sagen Sie ‚Königin' zu ihr.
2. Schwester Aaaso. Also, als meine Mutter der Königin, der scheißblöden…
Verteidiger *(schnellt wieder hoch)* Einspruch! Das ist eine Beleidigung, die…
Richter *(unterbricht)* Es reicht jetzt, Herr Verteidiger! Wenn das so weitergeht, hören wir die Aussage der Zeugin nie! Fahren Sie fort, Frau Zeugin.
2. Schwester Also, als meine Mutter…
Richter *(ungeduldig)* Das hatten wir ja nun schon zum dritten Mal. Was hat Ihre Mutter denn nun?
2. Schwester …der Königin, der scheißblöden, vor dem Ball zweimal Linsen in die Asche geschüttet hat, haben die Tauben der Königin, der scheißblöden auch schon Linsenlesen geholfen!
Staatsanwalt Vielen Dank. Ich habe keine weiteren Fragen. Ihre Zeugin, Herr Kollege.
Verteidiger *(erhebt sich, wandert selbstgefällig auf und ab, streift mit dem Daumen an seinen Revers entlang)* Frau Zeugin, Sie erheben da eine schwerwiegende Behauptung. Haben Sie die Mithilfe der Tauben mit eigenen Augen gesehen? Ich meine, damals hatten Sie ja noch Augen und konnten noch sehen…

2. Schwester	*(schluchzt trocken auf)*
Richter	*(bestürzt)* Herr Verteidiger, etwas mehr Feingefühl bitte! *(zum Gerichtsdiener)* Und Sie, glotzen Sie nicht, sondern schreiben Sie, verdammt noch mal! Und streichen Sie den letzten Teil, verdammt noch mal! Weiter!
Verteidiger	*(sucht nach Worten)* Konnten... Sie sich... persönlich... von der Mithilfe der Tauben beim Linsenlesen überzeugen?
2. Schwester	*(schluchzt noch immer)* Ich kann nicht mehr weinen! Wissen Sie, wie das ist, wenn man weinen will und nicht mehr kann?
Verteidiger	*(verlegen)* Ja, das ist eine schlimme Sache. Aber versuchen Sie doch bitte, auf meine Frage zu antworten.
2. Schwester	*(immer heftiger schluchzend)* Ich kann nie mehr weinen! Nie mehr sehen! Nie mehr meine schönen Kleider, meinen Schmuck und meinen Spiegel! Ich kann mein Lebtag keinen Spiegel mehr benutzen! *(plärrt laut und wirft den Kopf hin und her)*
Gutachter	*(erhebt sich wieder halb von seinem Stuhl)* Mit Verlaub, Hohes Gericht, auch diese Zeugin ist nervlich stark angegriffen...
Richter	*(seufzt)* Sie sind hier nicht auf dem stillen Örtchen. Erheben Sie sich gefälligst ganz, wenn Sie etwas zu sagen haben. *(zum Staatsanwalt)* Und Sie, Herr Staatsanwalt, haben Sie noch mehr solche Zeugen?
Staatsanwalt	*(eilfertig)* Ja, Euer Ehren...
Richter	*(fährt hoch)* Wie bitte?
Staatsanwalt	Ich meine, ich habe noch mehr Zeugen, aber andere...
Richter	*(laut und langsam)* Dann rufen Sie sie auf, bitte!
Staatsanwalt	*(gehorsam)* Jawohl, Euer Ehren. Ich rufe in den Zeugenstand die Mutter der Angeklagten.

Verteidiger	Einspruch! Hier handelt es sich keineswegs um die leibliche Mutter, sondern um die Stiefmutter. Wir legen großen Wert auf diesen kleinen, aber feinen Unterschied *(lacht)*.
Richter	*(seufzt ungeduldig)* Stattgegeben. Weiter, weiter!

(Der Staatsanwalt hilft der Zweiten Stiefschwester auf ihren Platz zurück, während die Stiefmutter, ohne ihre Tochter eines Blickes zu würdigen, zum Zeugenstuhl stolziert)

Staatsanwalt	Frau Stiefmutter, äußern Sie sich doch bitte vorerst zur Linsensache.
Stiefmutter	Gleich. Doch zunächst: Herr Richter, auch wenn ich nur die Stiefmutter bin, darf ich mich doch jetzt Königinmutter nennen, oder?
Richter	*(irritiert)* Wie meinen?
Stiefmutter	Nun, das liebe Aschenputtel, das jetzt Königin ist, ist ja nur mein Stiefkind, aber trotzdem...
Richter	*(heftig)* Herrgott, das ist doch jetzt wirklich Nebensache! Es geht hier um die Gerechtigkeit und der schlimmen Sache, die Ihren leiblichen Töchtern widerfahren ist!
Stiefmutter	*(gekränkt)* Jaa. Das weiß ich ja. Also, das mit den Linsen, ja, das habe ich nicht gesehen. Und die andern beiden Dumpfbacken auch nicht. Wir waren mit Vorbereitungen beschäftigt. Sie wissen schon, für den Ball nämlich. Säume kürzen, Borten und Knöpfe annähen, Abnäher an Taille, Brust und Gesäß... *(kichert verschämt)*
Richter	So genau wollen wir das gar nicht wissen. Also, ad finitum, Sie haben nicht gesehen, wie die Tauben der Königin Aschenputtel geholfen haben?

Stiefmutter	Nein. Ich habe es nicht gesehen. Ich glaube es auch nicht. Die Königin Aschenputtel war ja selbst immer so fleißig und flink, sie hat das bestimmt ganz alleine geschafft, das gute Kind. *(wirft rührende Blicke zu Königin Aschenputtel)*

(das Publikum tuschelt erregt)

Richter	*(skeptisch)* Hm. Wir werden sehen. Herr Verteidiger, haben Sie noch Fragen an die Zeugin?
Verteidiger	Nein, Euer Ehren.
Richter	Dann sind Sie entlassen, Frau Zeugin.
Stiefmutter	*(erhebt sich, geht aber nicht)*
Richter	*(mit hochgezogenen Augenbrauen)* Ist noch etwas?
Stiefmutter	Darf ich nun oder darf ich nicht?
Richter	*(lauernd)* Was denn?
Stiefmutter	Na, mich Königinmutter nennen?
Richter	*(stützt sich mit beiden Händen ab, beugt sich weit zur Stiefmutter vor, spricht gefährlich leise)* Gehen Sie mir sofort aus den Augen, bevor ich mich vergesse!
Stiefmutter	*(ist nicht zufrieden, stakst aber hoheitsvoll zu ihrem Platz zurück)*
Richter	*(blickt versonnen und ungläubig der Stiefmutter hinterher)*
Gerichtsdien.	*(etwas hämisch)* Euer Ehren?
Richter	*(wirft dem Gerichtsdiener einen vernichtenden Blick zu)* Hat die Staatsanwaltschaft mit einem weiteren Zeugen aufzuwarten?
Staatsanwalt	Jawohl. Ich rufe als Zeugen auf... den Vater von Königin Aschenputtel.
Vater	*(klein, elegant gekleidet, kurzatmig und rotgesichtig, da stark beleibt, zwängt sich mühsam und ächzend in*

	den Zeugenstuhl, keucht und rasselt asthmatisch. Versucht, würdevoll auszusehen, obwohl seine Beine wie die eines Kindes in der Luft hängen)
Staatsanwalt	Herr Vater, können Sie uns etwas über die Linsengeschichte oder den Tathergang am Hochzeitstag berichten?
Vater	(hebt die Arme zu einer Geste des vollkommenen Unverständnisses, seiner Kehle entweichen fauchende und prustende Geräusche) Prch, rrchch. Was soll ich dazu sagen? Fchch. Weiß davon nichts. Hatte keine Ahnung. Wie vor den Kopf gestoßen!
Staatsanwalt	(wendet sich hilfesuchend an den Richter)
Richter	(wirft den Kopf hin und her) Also bei aller Liebe, Herr Staatsanwalt, können Sie vielleicht heute noch wenigstens einen Zeugen aufweisen, der irgendetwas Brauchbares auszusagen hat?
Staatsanwalt	Nun, äh, also...
Richter	(stöhnt) ,Nun, äh, also', heißt ,wahrscheinlich nicht'.
Verteidiger	(leicht verschnupft, denn er fühlt sich übergangen) Mit Verlaub, Euer Ehren, darf ich vielleicht auch den Zeugen befragen?
Richter	(legt müde die Hand auf die Augen) Befragen Sie. Befragen Sie nur.
Verteidiger	Herr Vater, wo befanden Sie sich zur fraglichen Zeit, als im Haus die letzten Vorbereitungen für den königlichen Ball getroffen wurden?
Vater	Fchch, also, was soll ich dazu sagen? Geschäfte, wie immer, Geschäfte!
Verteidiger	Außer Haus?
Vater	Jawohl. Chrch. Viel, oft. Bringe aber immer etwas Nettes mit.

Verteidiger	Und bei der Hochzeit, beim Einzug in und Auszug aus *(lacht)* der Kirche, wo waren Sie da?
Vater	Hinter dem Brautpaar. Habe mich angeregt mit dem Vater des Prinzen unterhalten, klrch. Prächtiger Geschäftsmann. Sehr clever. Habe sonst nichts gesehen. Wie gesagt. Wie vor den Kopf gestoßen! Chch.
Verteidiger	Vielen Dank, ich habe keine weiteren Fragen.
Richter	Der Zeuge ist entlassen.
Vater	*(murmelt, scheint etwas an den Fingern abzuzählen, macht keine Anstalten, sich zu erheben)*
Richter	Ja, spreche ich heute vielleicht spanisch? *(beugt sich weit vornüber, laut)* Der Zeuge ist entlassen!
Vater	Wie? Ach, gut, sehr gut. Habe nämlich Termine. Wichtige Termine! Klrch. Wie immer. *(erhebt sich ächzend, verlässt den Gerichtssaal murmelnd und mit den Fingern zählend so schnell es seine kurzen Beine zulassen)*
Richter	*(blickt dem Zeugen betrübt hinterher)* Waren das alle Zeugen der Staatsanwaltschaft?
Staatsanwalt	Jawohl, Euer Ehren.
Richter	Also, das war sehr mager bisher. Äußerst mager, wirklich. Wir machen jetzt eine Pause von einer halben Stunde und schreiten dann zur Befragung der Zeugen der Verteidigung. *(steht auf)*
Gerichtsdien.	*(so laut und streng, dass der Richter erschrickt)* Errrheben Sie sich!

(alle Anwesenden stehen auf und stehen stramm)

(in diesem Moment betritt der Vater von Aschenputtel wieder den Saal, mit kurzen schnellen Schritten, aufgeregt mit den Armen rudernd)

Vater	Herr Richter, Herr Richter! Pfchch, kch…
Gerichtsdien.	Das heißt ‚Euer Ehren'.
Richter	*(zum Gerichtsdiener)* Für derlei Äußerlichkeiten hat's jetzt wirklich keine Not. *(blafft Aschenputtels Vater an)* Was ist denn noch?
Vater	*(mit erhobenem Zeigefinger)* Mir ist etwas eingefallen…
Richter	*(lässt sich mit einem tiefen Seufzer wieder nieder)* Also, Mann, los, dann schnell, ich brauche jetzt dringend eine Pause. *(herrscht in den Saal hinein)* Nun setzen Sie sich schon!

(die Anwesenden plumpsen auf ihre Plätze)

Vater	*(will sich auf den Zeugenstuhl zwängen, bemerkt den drohenden Blick des Richters und bleibt stehen)* Als ich das Haus verließ, um meinen Geschäften nachzugehen, hörte ich Lenore etwas rufen. Fenster war offen. Hörte es gut, kch.
Richter	Hörten Sie wen bitte?
Vater	Lenore. Ich meine, Aschenputtel.
Verteidiger	Einspruch! Die Angeklagte…
Richter	*(knirscht mit den Zähnen)* Herr Verteidiger, wenn Sie wegen diesem blöden Titel noch einmal Einspruch erheben, vergesse ich mich! Verstanden?
Verteidiger	*(nicht im Geringsten eingeschüchtert)* Vollkommen.
Gerichtsdien.	*(beugt sich vertraulich zum Richter hin)* Euer Ehren, ich schreibe ins Protokoll lieber den Genitiv, damit Sie sich später nicht über sich selbst ärgern.
Richter	*(schreit ihn an)* Was?
Gerichtsdien.	*(ungerührt)* Es muss heißen „… wegen dieses blöden Titels", nicht „… wegen diesem blöden Titel".

Richter	*(blickt den Gerichtsdiener zunächst wütend an, dann nachdenklich und schließlich unendlich traurig. Wendet sich dann Aschenputtels Vater zu)* Wen, zum Teufel, hörten Sie nun? KÖNIGIN Aschenputtel oder eine ominöse Lonere?
Vater	*(belustigt)* Chrch, nicht Lonere, meine Güte. Lenore! Na, ist der richtige Name von Aschenputtel, jetzt Königin. Aschenputtel hat ja erst meine zweite Frau erfunden. Komischer Name übrigens. Hab mich nie dran gewöhnen können. Lenore ist viel schöner.
Richter	*(verschränkt die Hände und schüttelt sie vor der Brust)* Nun sagen Sie uns um Gottes Willen endlich, was Sie sie, nämlich Lenore, alias Aschenputtel, respektive Königin haben rufen hören! Falls Sie es überhaupt noch wissen!
Vater	Klrch, oh gut, sehr gut! Hab keine schlechten Ohren und muss ein sehr gutes Gedächtnis haben. Hauen mich sonst alle übers Ohr. Hieß: ‚Ihr zahmen Täubchen, ihr Turteltäubchen, all ihr Vöglein unter dem Himmel, kommt und helft mir lesen. Die Guten ins Töpfchen, die Schlechten ins Kröpfchen.' Chlrch. *(blickt den Richter um Lob heischend an)*
Richter	War das alles?
Vater	War alles. Bin dann gleich weggeeilt. Dringende Geschäfte.
Richter	Sind Sie sicher, dass es die Stimme Ihrer Lenore war?
Verteidiger	*(erhebt sich, um Einspruch zu erheben, lässt sich aber unter dem giftigen Blick des Richters langsam wieder nieder)*
Vater	Absolut. Hat ein feines Stimmchen, die Kleine. Hat sie von ihrer Mutter geerbt, Gott hab sie selig. Pfrch.
Richter	Das ist ja nun endlich mal was Handfestes.

Vater	*(stolz)* Ja? Wirklich?
Verteidiger	Ich beantrage die Vereidigung des Zeugen! Außerdem beantrage ich ein Gutachten über seinen Geisteszustand. Ich habe berechtigte Gründe zu der Annahme...
Richter	*(unterbricht den Verteidiger mit dem Klopfen seines Hammers, schreit laut und vernehmlich)* Abgelehnt! Wir sehen uns nach der Pause! *(erhebt sich)*
Gerichtsdien.	*(kommandiert wie ein Feldwebel)* Erheben Sie sich!

(Der Saal steht stramm)

Richter	*(schielt mit zugekniffenen Augen zum Gerichtsdiener, murmelt)* Das macht er mit Absicht. Um mich zu ärgern. *(Verlässt seinen Platz, ohne den Gerichtsdiener aus den Augen zu lassen, entfernt sich schließlich mit rauschender Robe)*

(die Anwesenden erheben sich murmelnd und tuschelnd, der Saal leert sich langsam)

Vorhang

2. Akt

(der Richter betritt nach der Pause den bereits vollen Gerichtssaal)

Gerichtsdien. *(sehr laut)* Errrheben Sie sich!

(die Menge schießt von ihren Plätzen hoch, man hört einige Stühle umfallen)

Richter *(gefährlich leise)* Setzen Sie sich. *(murmelt mit einem Seitenblick zum Gerichtsdiener)* Das zahl ich ihm noch zurück. Irgendwann. Irgendwie. Wer bin ich denn? *(dann laut)* Wir haben vorhin nur eine einzige interessante Aussage zu hören bekommen. Ich hoffe, dass die Zeugen der Verteidigung mehr Licht in die Sache bringen. *(wirft ein Auge auf den Staatsanwalt, der beleidigt die Augen niederschlägt)* Und äußerst gespannt bin ich auch auf die Aussage der Angeklagten *(laut, mit scharfen Blick zum Verteidiger)* KÖNIGIN Aschenputtel! *(seufzt)* Also, in Gottes Namen, Herr Verteidiger, fangen Sie an.

Verteidiger *(jovial)* Vielen Dank, Euer Ehren. Ich rufe als erstes in den Zeugenstand den jungen König; ehemalig Prinz und jetziger Ehemann von Königin Aschenputtel.

König *(jung, schön, hoheitsvoll, charismatisch, schreitet mit festem Schritt und männlicher Anmut in den Zeugenstand)*

(man hört frauliches Aaah-Stöhnen und Seufzen)

Verteidiger *(verbeugt sich elegant)* Königliche Hoheit, von der Linsensache können Sie uns nichts berichten, denn da kannten Sie Königin Aschenputtel noch gar nicht *(lacht)*. Doch bei der tragischen Taubengeschichte waren Sie anwesend. Es war ja auch ein wenig Ihre Hochzeit, *(lacht)*, kleiner Scherz meinerseits. Sie

	standen direkt hinter Königin Aschenputtel, sozusagen in Pole-Position, *(lacht)*...
Richter	*(verdreht die Augen und stöhnt verhalten)*
Verteidiger	Schildern Sie uns doch bitte, wie Sie die Momente des Ein- und Auszugs bei Ihrer kirchlichen Trauung erlebt haben.
König	*(mit klarem, volltönendem Bariton)* Ja, ich stand hinter meiner angebeteten Königin. Doch wenn das Hohe Gericht sich von mir Neuigkeiten erwartet, muss ich es leider enttäuschen. Alles, was ich sah, war das Flattern zweier weißer Tauben zur Seite meiner kostbaren Perle und ich freute mich über die Naturverbundenheit meiner Geliebten. Die sich für mich ja nicht zum ersten Mal präsentierte – war mir meine Liebste doch schon zu zwei Malen entsprungen in ein Taubenhaus und in den Birnbaum ihres Vaters. *(lächelt und entblößt dabei eine Reihe ebenmäßiger, blendend weißer Zähne)*

(im Saal ertönt vielfach ein „Oooh" des weiblichen Geschlechts)

Verteidiger	Königliche Hoheit, vernahmen Sie, ob Ihre Angetraute, Königin Aschenputtel, den Tauben irgendwelche Anweisungen gab, die zu der schrecklichen Missetat, die an den Stiefschwester verübt worden ist, geführt haben könnten?
König	Nein, Gott bewahre.
Verteidiger	Bemerkten Sie vielleicht irgendwelche Gesten, sozusagen nonverbale Instruktionen, Fingerzeige, im wahrsten Sinne des Wortes, *(lacht)* die selbiges zur Folge gehabt haben könnten?

König Nein, natürlich nicht! So tragisch die Geschichte ist und sosehr ich das Vorgefallene bedauere, ich kann dem Hohen Gericht aufs Zuverlässigste versichern, dass niemand weniger als mein Goldschatz zu einer solchen Tat fähig ist. *(nach einer kleinen Pause mit klarem, aufrichtigen Blick)* Und glauben Sie bitte nicht, dass meine Liebe zu meiner Sonnenblume mein Urteilsvermögen trübt. Lange suchte ich nach einer mir ebenbürtigen Frau, nicht im Sinne von Adelszugehörigkeit oder Vermögen, nein, ebenbürtig im Geiste und in der Seele. Und glauben Sie mir: Mein Vater hat mir nicht nur einige, sondern hunderte von Prinzessinnen präsentiert, sodass ich gewiss einige Übung in der Menschen-, bzw. Frauenkenntnis besitze. Als ich meinen Mondenschein das erste Mal sah, wusste ich sogleich, dass ich das liebste und lauterste Geschöpf unter der Sonne erblickte.

(wiederum sind ‚Aaahs' im Saal zu vernehmen und einige Frauen fallen in Ohnmacht)

Richter Gerichtsdiener, besorgen Sie mal etwas Riechsalz und öffnen Sie die Fenster. Ich glaube, die Damen brauchen etwas Abkühlung.
Gerichtsdien. *(eilt davon, in großem Bogen um die beiden Stiefschwestern)*
Verteidiger Ich danke Ihnen, Königliche Hoheit, ich habe keine weiteren Fragen. *(nonchalant zum Staatsanwalt)* Ihr Zeuge, Herr Kollege.
Staatsanwalt *(hebt ergeben beide Arme)* Was soll man dazu noch sagen? Keine Fragen an den Zeugen.

Richter	Der Zeuge ist entlassen. *(und etwas herablassend)* Und bitte, meine Damen, schließen Sie halt Ihre Augen, wenn Sie den Anblick dieses Mannsbilds nicht ertragen können.
König	*(erhebt sich vornehm, doch kraftvoll, schreitet zu seinem Platz, dreht sich um und nickt anmutig, bevor er sich niederlässt)*

(ein bedauerndes „Ooooh" aus den Reihen der Frauen lässt den Richter die Augen verdrehen)

Gerichtsdien.	*(kommt eben mit dem Riechsalz zurück)* Euer Ehren, kann ich jetzt die Fenster wieder schließen? Es zieht nämlich und ich kriege sonst das Reißen.
Richter	*(blickt den Gerichtsdiener merkwürdig an)* Wie? Ja, ja, tun Sie das. *(drückt sich mit Daumen und Zeigefinger die Augenwinkeln)* Wo waren wir stehen geblieben?
Verteidiger	Mit Verlaub, Euer Ehren, ich möchte nun die Angeklagte Königin Aschenputtel zu Wort kommen lassen.
Richter	*(müde)* Ja, das ist gut. Ich brenne darauf, dieses Engels- oder Teufelswesen kennenzulernen. *(bemerkt die plötzlich eintretende Stille im Saal und schämt sich)* Gerichtsdiener, streichen Sie den letzten Satz.
Gerichtsdien.	*(murmelt kopfschüttelnd)* Wird halt auch langsam alt...
Richter	*(überhört das geflissentlich, sammelt sich, dann besonders würdevoll)* Bitte, Herr Verteidiger.
Verteidiger	Ich rufe in den Zeugenstand Königin Aschenputtel!
Aschenputtel	*(klein und zartgliedrig, in seidige, fließende Gewänder gekleidet, erhebt sich, gleitet lautlos, wie schwebend zum Zeugenstand, lässt sich federngleich nieder. Ihr*

Blick ist wie der ihres Mannes, klar und aufrecht, von natürlicher Vornehmheit und bezaubernder Anmut)

(es ist totenstill im Saal, alle staunen wie gebannt auf das elfengleiche Wesen)

Richter *(fängt sich als erster)* Herr Verteidiger, da Sie Ihren Mund schon offen haben, beginnen Sie doch bitte mit der Befragung der Königin. *(und zum Gerichtsdiener)* Und wenn Sie sich auch wieder einmal auf Ihr Protokoll konzentrieren könnten…

Gerichtsdien. *(versieht den Richter mit einem kindischen Gesicht, was dieser aber ignoriert)*

Verteidiger *(verbeugt sich anerkennend, doch ehrerbietig)* Königin Aschenputtel, bevor wir zu den beiden bedeutsamen Situationen kommen, schildern Sie uns doch bitte Ihren Alltag im Haus Ihres Vaters.

Staatsanwalt *(meint, seinerseits auch einmal rigide sein zu müssen)* Einspruch!

Richter Wieso?

Staatsanwalt *(überrumpelt)* Wieso? Na ja, gewissermaßen… *(es fällt ihm gerade noch rechtzeitig ein)* Das tut doch bestimmt nichts zur Sache!

Richter Das können wir noch gar nicht wissen. Abgelehnt!

Staatsanwalt *(enttäuscht)* Ach, Mensch…

Richter *(hält die Hand ans Ohr)* Wie bitte?

Staatsanwalt *(setzt sich, trotzig, mit verschränkten Armen)*

Richter *(seufzt)* Fahren Sie fort, Herr Verteidiger.

Verteidiger Bitte, Königin Aschenputtel.

Aschenputtel *(nickt anmutig, dann mit feiner, klarer Stimme)* Wie schon der Name, den mir meine Stiefmutter gegeben hat, sagt, war es meine Hauptaufgabe, für das Feuer zu sorgen. Ansonsten oblag mir der größte Teil der Hausarbeit, so etwa das Kochen, Waschen, Bügeln, Nähen, Stopfen, Flicken, Wischen, Abstauben, Bürsten, Scheuern, Spülen, Kehren...

Verteidiger *(wird der zarten Hände Königin Aschenputtels gewahr und schüttelt mit dem Kopf)* Kaum zu glauben! Und was taten Ihre Stiefmutter und die Stiefschwestern?

Aschenputtel Anweisungen erteilen, essen, im Bett liegen und schimpfen.

Stiefmutter *(von ihrem Platz aus)* Ach, liebe Königin Aschenputtel, das war doch alles nicht so gemeint! Und letztendlich, wie man sieht, alles nur zu deinem Besten!

Richter *(klopft mit seinem Hammer)* Ruhe, bitte!

Verteidiger Nun, also kommen wir zu der von der Staatsanwaltschaft schon mit großer Ungeduld *(lacht)* erwarteten Taubensache. Haben Ihnen nun die Tauben beim Sortieren der Linsen geholfen oder nicht?

Aschenputtel Ich habe sie gebeten und sie haben. Und nicht nur die Tauben, auch alle anderen Vögel in der Nähe.

Verteidiger Königin Aschenputtel, haben Sie den Tauben am Tag Ihrer Hochzeit Anweisungen gegeben, Ihren Stiefschwestern die Augen auszupicken? Ich meine, in Anbetracht dessen, was sie im Hause durchgemacht haben, wäre es gewissermaßen... wenn nicht gerade verständlich, so doch nachvollziehbar, und würde bei Gericht auch gewiss auf mildernde Umstände...

Richter *(unterbricht den Verteidiger)* Es reicht, Herr Verteidiger, wir wissen, worauf Sie hinauswollen. *(zum Staatsanwalt)* Jetzt hätten Sie mal Einspruch erheben können!

Staatsanwalt *(blickt den Richter traurig an)*

Aschenputtel *(mit aufrechter Stimme)* Ich schwöre bei Gott, dass ich dies nicht tat. Die Tauben handelten völlig eigenmächtig und die Sache tut mir sehr, sehr leid.

St.schwestern *(abwechselnd)* Du Kröte, du! Du falsche Schlange! Du Biest! Du Hexe!

Richter *(klopft wieder mit dem Hammer)* Ruhe! Verdammt noch mal! Oder ich lasse den Saal räumen!

Verteidiger Ich meine, es ist sowieso alles gesagt. Jedenfalls von meiner Seite her. Herr Staatsanwalt, Sie sind am Dransten *(lacht)*.

Staatsanwalt *(erhebt sich, verbeugt sich tief, sieht Königin Aschenputtel nicht direkt an, wirft aber hin und wieder einen scheuen Blick auf sie)* Königin Aschenputtel, wie erklären Sie sich, dass die Vögel Ihnen beim Linsenlesen geholfen haben? Wie kamen Sie überhaupt auf die Idee, sie zu rufen?

König *(ruft von seinem Platz aus)* Weil sie ein Engel ist, begreifen Sie doch!

(der Saal jubelt, Hüte werden in die Luft geworfen)

Richter *(empört)* Ruhe, Ruhe! Also bei aller Liebe, und König hin oder her, beherrschen Sie sich, guter Mann! Sonst zahlen Sie Ordnungsgeld! Weiter, zum Donnerwetter!

Staatsanwalt *(flehend)* Bitte, Königin Aschenputtel, antworten Sie: Woher kam Ihr Einfluss auf die Vögel?

Aschenputtel Ich weiß es nicht. Schon als Kind erfüllten sie mir kleine Wünsche, als ich am Grab meiner Mutter einst bitterlich weinte.

(die Damen im Saal schluchzen vernehmlich)

Staatsanwalt	Ah ja. ... *(weiß nicht mehr weiter, dreht sich hilfesuchend zum Richter)*
Richter	*(seufzt)* Vielleicht sollten wir dazu jetzt den Gutachter hören. Gutachter?
Gutachter	*(eilt herbei mit einem dicken Ordner von Unterlagen und einem großen Korb mit Deckel)*
Richter	*(schon auf alles gefasst, deutet auf den Korb)* Haben Sie da Ihre Brotzeit drin?
Gutachter	*(befremdet)* Beweismittel, Euer Ehren, gewichtige!
Aschenputtel	*(lieblich)* Ach bitte, bin ich entlassen?
Staatsanwalt	*(fast zärtlich)* Ja, natürlich. Gehen Sie nur, mein Engel.
Aschenputtel	*(erhebt sich und schwebt lächelnd auf ihren Platz)*
Richter	*(entsetzt)* Herr Staatsanwalt, ich muss doch sehr bitten! *(sehr laut)* Und überhaupt komme ich mir heute zunehmend wie in einem Kasperltheater vor! Ich will jetzt endlich mal etwas Handfestes hören! Gutachter! Walten Sie Ihres Amtes!
Gutachter	Jawohl, Euer Ehren. *(begibt sich zum Zeugenstuhl, setzt seine Brille auf und ordnet seine Unterlagen)* Ich bin soweit.
Richter	Was haben Sie bezüglich der Taubensache eruieren können?
Gutachter	Einiges. Was genau wollen Sie wissen?
Richter	*(ungeduldig)* Alles! Und bis ins kleinste Detail!
Gutachter	Sehr schön! *(reibt sich die Hände, nimmt einen inneren Anlauf)* Dann beginne ich mit dem Ereignis, das meiner Meinung nach der Auslöser für die folgenden war, nämlich der Tod der leiblichen Mutter Königin Aschenputtels. Die beiden verband eine innige Liebe, die sogar im Nachhinein an Intensität gewann durch die Tatsache, dass der Vater bald wieder geheiratet

hatte und der neue Familienzuwachs Königin Aschenputtel ablehnte und schikanierte.

(die Stiefmutter hebt die Hand wie in der Schule, der Richter aber winkt ab)

Richter	...nur zu ihrem Besten, das wissen wir bereits. Fahren Sie fort, Gutachter.
Gutachter	*(doziert)* Diese und noch weitere – auf die ich noch zu sprechen kommen werde – stark emotionsgeladenen Zustände und Ereignisse setzten eine enorme Energie frei, die sich zu einer Art ‚magischem Kreis' formierten und weitere Ereignisse initiierten bzw. forcierten, also fast eine Art ‚energetisches Perpetuum Mobile'...
Richter	*(atmet tief)* Herr Gutachter...
Gutachter	*(hebt beide Hände)* Wenn Euer Ehren mich bitte weiter ausführen lassen, werden Euer Ehren die Zusammenhänge sehr bald erkennen.
Richter	*(brummt)* Das hoffe ich. *(legt ergeben den Kopf in die aufgestützte Hand)*
Gutachter	*(sammelt sich)* Nun, wie gesagt, die familiären Umstände gaben Anlass zur Bildung des – ich nenne es am besten ‚Energiestrudel' oder vielleicht besser doch ‚magischer Kreis'...
Richter	*(stöhnt)* Gutachter!
Gutachter	*(lässt sich nicht stören)* ...der sich zu runden begann, als Königin Aschenputtels Vater ihr von einer Geschäftsreise einen Haselstrauch mitbrachte, ...ach bitte *(zum Richter)* ist es möglich, dass ich die Königin weglasse, sie war ja noch ein Kind damals.

Richter	*(blickt, ohne seine Haltung zu verändern zum Verteidiger, dieser nickt nach einem Moment gespielter Überlegung, der Richter nickt dem Gutachter zu)*
Gutachter	Danke. Es erleichtert meinen Bericht. Also. Die Tatsache, dass Aschenputtel den Haselzweig am Grab ihrer Mutter einpflanzte und ausschließlich mit ihren Tränen begoss – übrigens eine wohl unbeabsichtigte, jedoch äußerst wirkungsvolle Energiepotenzierung – schloss den ‚magischen Kreis' und somit war die Grundlage für das Vorfallen unglaublicher Ereignisse gegeben. Aschenputtel erwähnte ja bereits, dass ein Vöglein ihre Wünsche erfüllte, unter anderem schenkte es ihr drei Kleider zum Ball und Pantoffeln dazu. Hier habe ich als Beweisstück A einen gläsernen Schuh mitgebracht... *(kramt in seinem Korb, zieht langsam einen zierlichen, durchsichtigen Schuh heraus und trägt ihn vorsichtig zum Richter)*

(die Zuschauer recken unter „Aaahs" und „Ooohs" die Hälse nach dem Schuh)

Richter	*(skeptisch)* Und der ist wirklich aus Glas? Wie kann man denn in so etwas laufen, geschweige denn tanzen? Und welcher erwachsene Mensch hat so kleine Füße? *(stellt den Pantoffel auf seine Handfläche, die davon vielleicht zur Hälfte bedeckt wird)*
Gutachter	Zur Frage Nummer eins: Ja, zur Frage Nummer zwei: muss ich leider passen und zur Frage Nummer drei: Aschenputtel.
Richter	*(murmelt)* Kein Wunder, dass die Stiefschwestern so humpeln, sie müssen sich ja glatt den halben Fuß weggehackt haben.

Gerichtsdien. *(legt die Hand ans Ohr)* Etwas lauter bitte, Euer Ehren.
Richter Geschenkt. Weiter, Gutachter!
Gutachter *(gibt den Schuh vorsichtig wieder in seinen Korb)* Der Ball des Prinzen, die Aufregung, die er im Hause auslöste war wahrscheinlich der Anlass für die volle Entfaltung des – wie soll ich sagen – ‚Energiewirbels' oder vielleicht doch lieber ‚magischen Kreises…
Richter *(knirscht mit den Zähnen)* Gutachter!
Gutachter *(ist in seinem Element)* Stellen Sie sich vor, Hohes Gericht! Welches Mädchen schwärmte nicht davon, einmal an einem solchen Ereignis teilzunehmen! Aschenputtel war da keine Ausnahme! Die große Vorfreude, die herbe Enttäuschung, als ihr die Teilnahme verboten, dann erlaubt, dann wieder verboten wurde. Die aufgeregten Stiefschwestern, die hektischen Vorbereitungen, raschelnder Stoff, klackende Knöpfe, widerspenstige Haken und Ösen, klirrender Schmuck…
Richter *(beißt sich in die Faust)* Gutachter!!!
Gutachter *(lässt sich nicht stören)* Durch all dies entstand ein gewaltiges Energiefeld! Und nicht zu vergessen das geballte Vorkommen der magischen Zahl drei! Drei Widersacher hatte Aschenputtel, drei Anläufe brauchte sie, um doch noch zum Ball zu gelangen, drei Tage dauerte der Ball, drei Kleider bekam Aschenputtel geschenkt… von da an überschlugen sich die Ereignisse. Am Ende des ersten Balltages floh Aschenputtel vom Prinzen…
Richter Sie floh? Warum floh sie?
Gutachter *(verärgert)* Euer Ehren, ich muss Sie wirklich bitten, mich nicht ständig zu unterbrechen, Sie werden von

	mir wirklich alles erfahren, was ich herausgefunden habe, aber schön der Reihe nach.
Richter	*(ergeben)* Also bitte.
Gutachter	*(sammelt sich)* Also. Sie floh. In den Birnbaum ihres Vaters. Hinauf und wieder herunter, mitsamt ihren Ballkleidern. So behände, dass der Prinz ihr nicht zu folgen vermochte. Am nächsten Tag sprang sie in das Taubenhaus, wieder in voller Ballmontur...
Richter	*(unterbricht wieder)* Wo sind diese Ballkleider jetzt?
Gutachter	*(eisig)* Das Vögelchen auf dem Haselbaum am Grab von Aschenputtels Mutter hat sie wieder zurückgenommen. *(schweigt, blickt den Richter beredt an)*
Richter	*(brummt)* Wenn ich die Röckefülle der Frauen auf einem Ball noch richtig in Erinnerung habe, muss das ‚Vögelchen' mindestens die Kraft eines Adlers besessen haben.
Gerichtsdien.	*(hält wieder die Hand ans Ohr)* Euer Ehren?
Richter	*(winkt ab)* Dreimal geschenkt. *(zum Gutachter)* Weiter, Mann!
Gutachter	Trotz Ihrer permanenten Unterbrechungen *(mit einem Seitenblick zum Richter)* bin ich fast am Ende meiner Ausführungen angekommen. Die Aktionen der Tauben gehörten mit zum magischen Kreis... Zirkel... Energieblase... ja, das ist ein gutes Wort...
Richter	*(blickt wild drein und nagt an seinem Hammer)*
Gutachter	Das Faszinierende daran ist, dass, wenn die Umstände entsprechen, die Ereignisse fast ohne Zutun der Beteiligten, also automatisch ablaufen. Ich fasse die in diesem Fall vorhandenen noch einmal zusammen...
Richter	*(lehnt seinen Kopf verzweifelt an die Schulter des Gerichtsdieners, der ihn mütterlich streichelt)*

Gutachter	Es müssen Emotionen der verschiedensten Art im Superlativ vorkommen. 1. die tiefe Liebe Aschenputtels zu ihrer verstorbenen Mutter, ebenso tief ihre Trauer. 2. die Aufregung im Hause aufgrund der Einladung zum Ball, 3. die außergewöhnliche Anziehung, die der Prinz und Aschenputtel zueinander empfanden, 4. was bisher noch gar nicht zur Sprache kam: die Entschlossenheit des alten Königs, seinen Sohn nach vielen vergeblichen Versuchen an diesem Ball endlich zu verheiraten und 5. zum Ausgleich der positiven Emotionen die abgrundtiefe Bosheit von Aschenputtels Stieffamilie…
Stiefmutter	*(von ihrem Platz aus)* Ich werde hier absolut verkannt und verleumdet!
Richter	Schnabel halten! Weiter, Gutachter!
Gerichtsdien.	*(murmelt)* Jetzt wird er langsam rigide.
Gutachter	*(blickt in seine Unterlagen)* Ach ja, was Euer Ehren noch nicht wissen: die Tauben waren noch ein weiteres Mal in Aktion, nämlich als der Prinz die Stiefschwestern, die sich ja die Füße passend zu Aschenputtels Schuh abgeschnitten hatten…
Gerichtsdien.	*(verstört)* So schrecklich kann das nur ein Experte ausdrücken.
Gutachter	…für Aschenputtel hielt und mit jeweils einer davon zweimal am Grab von Aschenputtels Mutter vorbeiritt. Dort saßen die Tauben auf dem Haselbusch und riefen beide Male: ‚Rucke di guh, rucke di guh, Blut ist im Schuh, der Schuh ist zu klein, die rechte Braut sitzt noch daheim'. Nachdem der Prinz Aschenputtel endlich gefunden hatte, riefen die Tauben: ‚Rucke di guh, rucke di guh, kein Blut ist im Schuh, der Schuh ist nicht zu klein, die rechte Braut, die führt er heim'.

	(klappt seine Mappe zu) Damit bin ich mit meinen Ausführungen am Ende und stehe für Fragen zur Verfügung.
Richter	*(versonnen, dann hörbar ein- und ausatmend, schließlich)* Starker Tobak, den Sie uns da präsentieren, Gutachter. Da habe ich aber noch so manche Frage dazu. Und wie steht's mit Ihnen, meine Herren? Herr Staatsanwalt, Herr Verteidiger?

(beide schrecken hoch, der Staatsanwalt, weil er die ganze Zeit heimlich nach Aschenputtel geschielt und nicht aufgepasst hat, der Verteidiger, weil er eingeschlafen war)

Richter	*(seufzt)* Herr Gutachter, als erstes erklären Sie mir, wieso der Prinz nicht erkannte, dass die Stiefschwestern nicht sein Aschenputtel waren. Immerhin hat er drei Tage mit ihr getanzt.
Gutachter	Auf dem Ball waren alle geschminkt und herausgeputzt, zuhause werden sie nicht täglich so herumgelaufen sein.
Richter	Nun, ich glaube, mit Schminke und Putz kann so manche Frau ein Wunder bewerkstelligen, aber wenigstens an der zarten Figur...
Gutachter	Am Ball sind sie alle zart, weil sie stark geschnürt sind. Die Mode ist zur Zeit eben so.
Richter	Ich verstehe. *(grübelt, dann)* Wieso eigentlich wundert sich außer mir niemand darüber, dass die Tauben gesprochen haben? Gutachter, erklären Sie mir das mal und kommen Sie mir nicht wieder mit irgendwelchen Energiemägen oder -gedärmen!
Gutachter	*(entsetzt)* Blase, Euer Ehren! Energieblase! *(schüttelt befremdet den Kopf)* Euer Ehren, alles spricht zu uns!

	Unaufhörlich! Jeder Baum, jede Blume, jeder Stein, jedes Tier. Wir hören es nur im Allgemeinen nicht, weil wir unsere Sinne nicht darauf sensibilisieren. Jedoch in extrem emotionsgeladenen Situationen…
Richter	…entsteht eine Energiekugel, bla bla bla, danke, den Rest kann ich mir denken.
Gutachter	*(beleidigt)* Ich muss doch sehr bitten.
Richter	*(ungerührt)* Nächste Frage: Wieso gab sich Aschenputtel dem Prinzen nicht zu erkennen, sondern lief immer von ihm davon?
Gutachter	*(immer noch eingeschnappt, deshalb mutig)* Unwissentliche, autonome Energiesteigerung, Euer Ehren, auch wenn Ihnen das nicht passt. Je mehr Anstrengungen, desto mehr Energie, das dürfte doch selbst Ihnen einleuchten.
Richter	Vorsicht, mein Herr! *(droht mit dem Finger)* Ich lasse mich nicht für dumm verkaufen! Und mir steht der Fall sowieso schon an der Oberkante Unterlippe! *(bellt)* Ob es nun ihnen passt oder nicht, ich habe NOCH eine Frage: Ich weigere mich auf das Entschiedenste zu glauben, dass niemand etwas von den grausamen Verstümmelungen am Hochzeitstag bemerkt haben will! Zwischen dem ersten und dem zweiten Taubenattentat verging doch eine ganze Weile! Der Gang zum Altar, die Trauzeremonie, der Gang aus der Kirche! Herrgott, das müssen doch unerträgliche Schmerzen gewesen sein! Es muss doch Blut geflossen sein! Das muss doch jemand bemerkt haben! *(wird immer lauter)* Bei so einem Vogelangriff, da schlage ich doch um mich! Da schreie ich doch! Da spritzt doch das Blut! *(steht langsam auf und lehnt sich weit vor, schaut wie wild von einem Be-*

teiligten zum anderen, schreit) Bekomme ich vielleicht von irgendjemandem mal irgendeine irgend brauchbare Antwort???

(ein paar Sekunden lang herrscht Totenstille im Saal)

Gerichtsdien. *(murmelt)* Es wird zu viel für ihn.
Verteidiger *(murmelt ebenfalls)* Er hat zu viel Hitchcock gesehen.
Gutachter *(erhebt sich halb aus dem Zeugenstuhl)* Ich könnte das erklären…
Richter *(dreht sich blitzschnell zum Gutachter hin, schreit)* Sie! Wenn Sie mir noch ein einziges Mal daherkommen mit Ihrem blöden magischen, mystischen, energetischem Kreis, Zirkel, Ball oder Blase, dann könnte es sehr leicht geschehen, dass ich mich vergesse!
Gutachter Für diese Phänomene gibt es keine andere Erklärung, zumindest weiß ich keine.
Richter *(laut und vernehmlich)* Aber ich! *(setzt sich wieder und winkt Staatsanwalt, Verteidiger und Gutachter herbei)*

(alle drei hängen sich ineinander ein, begeben sich langsam zum Richtertisch und beugen sich vorsichtig zum Richter vor)

Richter *(beugt sich vor, flüstert)* Wurden die beiden Stiefschwestern eigentlich schon einmal auf Drogen untersucht? Heroin? Kokain? Angeldust? Crack? Extasy? Meth? Opium? Speed? Amphetamine? Schnüffelstoffe? Alkohol?
Gutachter *(ebenfalls flüsternd)* Euer Ehren, sie leben auf dem Land…tiefste Provinz.

Verteidiger	*(ebenfalls flüsternd)* Das nächste Gut ist kilometerweit entfernt.
Staatsanwalt	*(ebenfalls flüsternd)* Besuche bekommen sie selten.
Richter	*(immer noch flüsternd)* Das wundert mich nicht. *(richtet sich wieder auf, schickt die drei Herren mit einer ungeduldigen Handbewegung wieder auf ihre Plätze zurück. Sammelt sich, dann laut)* Nun gut. Herr Gutachter, wenn ich auch Ihren Ausführungen – die wohl fachlich fundiert sind, in unseren Ohren jedoch ziemlich unglaublich klingen – mit großer Skepsis begegne, sehe ich keinen Grund, diese für die Urteilsfindung nicht heranzuziehen, zumal Sie sich hier vor Gericht als Experte bisher stets bewährt haben. *(dann brummig)* Meistens jedenfalls. Aber! *(macht eine gewichtige Pause, hebt den Finger)* Herr Gutachter, wie geht denn das nun weiter mit diesem ‚magischen Kreis'? Ich meine, womöglich muss ich auch noch um mein Augenlicht fürchten, wenn ich Königin Aschenputtel verurteile!
Gutachter	Nein, da seien Sie beruhigt, es ist zu Ende. Mit der glücklichen Vereinigung der Liebenden und der Bestrafung der Stieffamilie hat sich der… *(sucht mit scheuem Blick auf den Richter den besten Begriff)* Energiestrudel sozusagen selbst aufgehoben. Man muss das so verstehen, wie z.B. Materie und Antimaterie miteinander reagieren – obwohl, dieser Vergleich hinkt ein wenig, da beim Zusammenprall von Materie und Antimaterie gewaltige Energien freiwerden, im vorliegenden Fall aber negative und positive Energie sich aufheben…
Richter	*(kneift die Augen zusammen, hebt die Lefzen, fletscht die Zähne und knurrt wie ein Hund)*

Gutachter	*(schnell)* Ich habe die Tauben mitgebracht, wir können gerne die Probe aufs Exempel machen. *(öffnet den Korb, befördert zwei große, wunderschöne weiße Tauben zutage und anschließend eine Schale voll mit Asche bestreuter Linsen, bringt alles in die Saalmitte)* Königin Aschenputtel, treten Sie vor und wiederholen bitte ganz genau, was Sie damals zu den Tauben sagten.
Aschenputtel	*(tritt anmutig zu den Tauben, streichelt sie zärtlich, ruft mit klarer Stimme)* Ihr zahmen Täubchen, ihr Turteltäubchen, all ihr Vöglein unter dem Himmel, kommt und helft mir lesen: Die Guten ins Töpfchen, die Schlechten ins Kröpfchen!

(die Tauben lauschen andächtig, machen aber ansonsten keinerlei Anstalten, den Anweisungen Folge zu leisten)

Gutachter	Sehen Sie, Euer Ehren, es ist zu Ende. *(begibt sich wieder auf den Zeugenstuhl)*
Richter	*(atmet hörbar aus)* Gut. Sehr gut. Aber ich habe noch eine allerletzte Frage: Königin Aschenputtel ist glücklich mit ihrem König, die Stiefschwestern sind für ihr Leben gezeichnet. Aber was ist mit der Stiefmutter, deren Garstigkeit der Ursprung der ganzen Sache war? Hat sich diese Energie auch irgendwie aufgehoben?
Gutachter	Sehen Sie selbst, Euer Ehren.

(beide Stiefschwestern klammern sich, seit sie das Gurren der Tauben vernommen haben, links und rechts an ihre Mutter. Die Erste Stiefschwester malt liegende Achten mit ihrem Kopf, die Zweite schluchzt hysterisch)

Richter	Ich sehe und verstehe. Auch sie ist bestraft und das nicht zu knapp. Sie wird sich ihr Leben lang um ihre Töchter kümmern müssen.
Aschenputtel	*(liebreizend)* Darf ich gehen, Euer Ehren?
Richter	Sie dürfen, mein Täubchen.

(Gutachter und Gerichtsdiener blicken den Richter verdutzt an)

Richter	*(wischt sich mit der Hand übers Gesicht)* Das kommt nur von den verflixten Tauben! *(bellt)* Gutachter, packen Sie die vermaledeiten Viecher wieder ein! Und ihr Gemüse auch!
Gutachter	*(erhebt sich halb vom Zeugenstuhl)* Verzeihung, ich widerspreche Euer Ehren nur ungern, aber Linsen sind kein Gemüse, sie gehören zur Gattung der Hülsenfrüchte...
Richter	*(langsam und gefährlich, dann immer lauter werdend)* Sie – packen – jetzt – sofort – ihre Siebensachen ein, bevor mir ihre Tauben noch den Gerichtssaal vollscheißen!
Gutachter	*(schockiert über den sprachlichen Fehltritt des Richters, eilt in die Saalmitte, greift hastig nach den Tauben, die vor Schreck auffliegen und eine lässt tatsächlich ein Häufchen fallen)*
Richter	*(schreit, seine Stimme überschlägt sich)* Da! Hab ich es nicht gesagt!
Gutachter	*(fängt die Tauben ein, stopft sie mitsamt den Linsen in seinen Korb und flüchtet in die hinterste Ecke des Gerichtssaals)*
Richter	*(mit wildem Geschau, bellend)* Hat irgendjemand noch irgendetwas zu sagen oder zu fragen?

Gerichtsdien. *(macht in den Saal verstohlene Gesten der Verneinung)*

(daraufhin schütteln alle heftig mit dem Kopf)

Richter *(nickt befriedigt)* Das will ich auch geraten haben! Dann machen wir jetzt eine Pause, das Gericht zieht sich zur Beratung zurück. *(zeigt mit dem Finger auf den Gutachter, dann auf den Gerichtsdiener)* Und wehe, wenn danach das Taubengescheiß noch in meinem Gerichtssaal ist! Anschließend schreiten wir zur Urteilsverkündung. *(erhebt sich, kommt dem Gerichtsdiener, der gerade ansetzen will zuvor und schreit)* Aufstehen! *(blickt den Gerichtsdiener mit wildem Triumph an)*

(alle Anwesenden stehen stramm, mit angelegten Händen, selbst die Stiefschwestern werden von ihrer Mutter hochgezerrt)

Richter *(lässt den Blick feurig und hoheitsvoll durch den Saal schweifen)* So ist's brav! *(verlässt hocherhobenen Hauptes und energischen Schrittes den Saal)*

Vorhang

3. Akt

Richter *(betritt strengen Ganges den Saal, geht knapp an dem Taubenhäufchen vorbei, was dem Gutachter den Atem stocken lässt, und der Gerichtsdiener reißt vor Schreck die Augen auf. Schreit gebieterisch schon im Mittelgang)* Aufstehen!

(das Publikum springt gleichzeitig auf wie in einer Choreographie)

Richter *(räuspert sich)* Im Namen des Volkes verkünde ich folgendes Urteil: Die der Anstiftung zur Körperverletzung angeklagte Königin Aschenputtel wird wegen Mangels an Beweisen nach dem Art. 103 Absatz 2 GG, Art. 6 Absatz 2 EMRK sowie aus § 261 StPO freigesprochen nach dem Grundsatz in dubio pro reo. Die Kosten des Verfahrens trägt der Staat. Die Angeklagte hat das letzte Wort.

Aschenputtel *(nickt anmutig, wendet sich an ihre Stiefschwestern)* Meine Stiefschwestern, wenn es irgendetwas gibt, wodurch euch geholfen oder euer Schicksal wenigstens gelindert werden kann, und es in meiner und meines Gemahls Macht steht, dies zu tun oder zu beschaffen, so lasst es mich wissen.

(der Saal jubelt, Kopfbedeckungen und Taschentücher fliegen in die Höhe)

Richter *(klopft mit seinen Hammer, ruft)* Die Sitzung ist geschlossen. Gott sei Dank. *(wirft seinen Hammer hinter sich, packt seine Unterlagen, geht strammen Schrittes* *und vor sich hinmurmelnd in Richtung Saaltür)* In meiner gesamten Laufbahn ist mir so etwas noch nicht begegnet. Noch so ein Fall und ich bin reif fürs Irrenhaus. Jetzt ist der geeignete Moment, mich zur Ruhe zu setzen... *(entdeckt kurz vor der Saaltür den verschreckten Gutachter in seiner Ecke, bellt ihn an)* Kommen Sie mit zu einem gepflegten Glas Rotwein? Aber kein Wort über irgendwelche Zirkel, Kreise oder Blasen, verstanden?

Gutachter *(wagt nicht, abzulehnen, nickt eifrig, packt seine Utensilien und eilt dem Richter nach)*

Verteidiger *(verstaut seine Unterlagen in seiner Tasche, wendet sich zum Staatsanwalt, klopft ihm jovial auf die Schulter)* Na, Herr Kollege, wollen wir zwei beiden Hübschen *(lacht)* nach diesem Fall, der hundertprozentig in die Annalen der Gerichtsverfahren eingehen wird, nicht zusammen ein Bierchen zwitschern? *(lacht)*

Staatsanwalt *(eilfertig)* Ja, unbedingt! Und dann verraten Sie mir auch ein paar Ihrer Tricks, ja?

Verteidiger Aber sicher, mein Gutester. *(lacht, legt ihm gönnerhaft den Arm um die Schulter)* Ich hatte da diese äußerst diffizile und dazu noch pikante *(lacht)* Sache, Schneewittchen, Sie haben sicher davon gehört... *(die beiden entfernen sich)*

König *(erhebt sich kraftvoll, verneigt sich vor Aschenputtel und reicht ihr die Hand)* Komm, mein Augenstern. Lass uns diesen schrecklichen Ort verlassen und in unserem Pavillon eine Tasse Earl Grey zur Stärkung zu uns nehmen.

Aschenputtel *(gibt ihrem Mann anmutig die Hand)* Ja, mein Liebster. Das ist eine reizende Idee.

(beide schreiten, sich verklärt in die Augen blickend, zum Saal hinaus)

Stiefmutter *(zieht ihre beiden Töchter hoch, die sich gegenseitig knuffen und versuchen, die andere von der Mutter wegzuschieben)* Nun kommt schon, ihr Krähen. Vielleicht kriegen wir von Aschenputtel wenigstens das Geld für Glasaugen und zwei Blindenhunde, wenn wir ihr ordentlich was vorjammern. Das besprechen wir bei einem schönen, dicken Kakao. Ich habe auch noch etwas Honig.
1. Schwester Den bekomme aber ich!
2. Schwester Nein, ich!

(sie verlassen humpelnd und miteinander zankend den Raum)

(die Zuschauer tröpfeln langsam aus dem Saal, die meisten lebhaft über das Verfahren diskutierend)

Gerichtsdien. *(als letzter, rafft seine Blätter zusammen, fischt nach dem Saalschlüssel in seiner Aktenmappe, eilt Richtung Tür)* Gott sei Dank ist dieser Tag vorbei. Der gibt mehr als genug Stoff für meinen Analytiker ab. *(zieht gerade die Saaltür zu, als ihm etwas einfällt)* Du meine Güte, ich muss das Taubenhäufchen beseitigen, sonst kriegt der alte Herr morgen einen Anfall! Hoffentlich ist noch keiner hineingetreten. *(will die Saaltür wieder öffnen, als er jemand schnaufend und prustend den Gang entlang eilen hört)*
Vater Chrch, schon alles vorbei? Also, ich muss sagen. Wie vor den Kopf gestoßen!
Gerichtsdien. Wollen Sie mit mir vielleicht um die Ecke auf einen Kaffee gehen?

Vater Wo denken Sie hin, hab keine Zeit für so was. Hab immer was zu erledigen. Los eines Geschäftsmannes. Flrch, plrch. *(eilt keuchend den Flur wieder hinunter)*
Gerichtsdien. Dann eben nicht. Dann gehe ich eben zu meinem Analytiker. Diese leeren Augenhöhlen werden mich bis an mein Lebensende in meinen Träumen verfolgen. *(schließt die Saaltür ab und geht)*

Dornröschen auf Inlinern

1. Kapitel

Dornröschen, die Königin, und auch das Gesinde hatten die hundert Jahre Schlaf gut überstanden. Julius, der Astronom behauptete steif und fest, es müssten weit mehr Jahre gewesen sein. Aber niemand interessierte sich dafür; man war erleichtert, dass es nun vorbei war. Nach einigen Anpassungsproblemen an das neue Zeitalter waren alle wohlauf und genossen es, wieder am Leben teilzuhaben. Alle, bis auf den König.

Wochenlang lag er in einer Art Delirium, man machte sich große Sorgen um ihn. Die Ärzte rieten, ihn nur sehr vorsichtig mit seinem neuen Leben zu konfrontieren. Als Herrscher war es gewohnt, dass die Dinge nach seinem Willen und Gusto geschahen. Er würde die vielen Veränderungen des letzten Jahrhunderts womöglich nicht verkraften, wenn sie allesamt auf ihn einstürzten.

Dem König ging es wirklich schlecht. Wochenlang plagten ihn Alpträume und ließen ihn nachts schweißgebadet auffahren. Des Tags aber lag er wie versteinert auf seinem Bett und sein Gesichtsausdruck ließ jene, die hilfespendend zu ihm kamen, schleunigst das Weite suchen. Oder er nickte wie eine seiner goldenen japanischen Winkekatzen stundenlang mit dem Kopf und flüsterte: „Mea culpa, mea culpa, mea culpa!" Er plagte und geißelte sich mit den heftigsten Vorwürfen.

Warum nur hatte er die dreizehnte Fee nicht eingeladen? Man hätte ihr die Misere mit dem fehlenden goldenen Teller doch erklären können! Vielleicht hätte die Fee sich dann sogar mit einem irdenen Teller zufrieden gegeben. Oder man hätte den Goldschmied dazu bringen können, schnell einen weiteren Goldteller zu fertigen. Wenn es hätte sein müssen, unter Folterandrohung! Oder man hätte... ach, tausend Einfälle schossen ihm jetzt durch den Kopf. „Zu spät", vermeinte er flüsternd die Schicksalsgöttin zu hören. „Zu spät".

Warum nur hatte er, sich eitel auf seine Allmacht verlassend, alle Spindeln des Reiches entfernen lassen? Fünfzehn Jahre lang musste die Wolle für Gewänder, Decken und Teppiche teuer eingeführt werden. Und wozu war es Nutze gewesen? Zu nichts! Im Gegenteil, wäre es nicht besser gewesen, Dornröschen den Umgang mit Spindeln schon im zartesten Alter beizubringen? Warum nur hatte er seine Tochter nicht aufgeklärt über die schreckliche Prophezeiung? Er hatte gehandelt, wie ein Dilettant. Er hatte nichts hören, nichts sehen und daran glauben wollen, alles wäre gut, gut, gut. Eines Königs wahrhaft unwürdig, eine solche Haltung!

Fiebernd warf sich der König im Bett hin und her. Am schlimmsten quälte ihn, dass er und die Königin Dornröschen am Abend ihres fünfzehnten Geburtstages alleine zu Hause gelassen hatten. Sie wussten doch um die Prophezeiung! Gab es etwas, das wichtiger war als dies? Nein, sie gingen einfach aus! Zu ihrem Vergnügen! Weder unterrichteten sie Dornröschen über die Gefahr, die ihr einzig an diesem einen Abend drohte, noch instruierten sie das Gesinde, ein Auge auf Dornröschen zu haben. Was für eine folgenschwere Ignoranz!

Die nackten Tatsachen sprangen dem König nun ins Gesicht. Eitel war er gewesen, anmaßend, herrschsüchtig und hoffärtig und hatte sich auf seine Unantastbarkeit verlassen. So, als wäre er ein Gott! Was für ein entsetzlicher Trugschluss! Oh, verwünschte königliche Erhabenheit! Oh, verfluchte Arroganz! So peinigte sich der König, sich wohl bewusst, dass das Geschehene geschehen war.

2. Kapitel

Die Königin sorgte sich sehr um ihren Mann. Das Fieber flackerte immer wieder auf und auch sein Geist wollte nicht zur Ruhe kommen. Deshalb beschloss sie, ihren Gemahl erst einmal von allen Neuerungen des letzten Jahrhunderts fernzuhalten.

Und so entstand eine merkwürdige Szenerie. Während das Schloss im Laufe der Wochen nach und nach modernisiert wurde und die Bewohner sich an die neue Zeit anpassten, beließ man das Schlafzimmer des Königs in seinem alten Zustand. Besucher mussten sich umziehen und in die alten Gewänder schlüpfen, bevor man sie zum König ließ. Sie mussten Perücken aufsetzen und ein paar Sätze in der alten Sprache sprechen, damit sie nicht aus Versehen in die moderne Sprechweise verfielen. Man traf alle möglichen Vorkehrungen, doch die neue Welt schlich sich trotzdem immer wieder in das Zimmer des Königs hinein.

So geschah es zum Beispiel, dass die Diener die Türe nicht schnell genug schlossen und moderne Musik an das Ohr des Königs drang. Fremde Musiker aus dem Orient mussten für diese Irritationen herhalten. Einmal vergaß ein Hausmädchen, die Schuhe zu wechseln und stand mit Sneakers unter ihrem alten Kleid vor dem König. Man hatte die Fenster im Schlafzimmer so verglast, dass die Außenwelt nur schemenhaft zu sehen war. Doch beim Lüften des Zimmers verirrte sich einmal eine Drohne und schwirrte in des Königs Blickfeld. Wieder musste der Orient dafür herhalten, aus dem man exotische Vögel importiert hätte.

Besonders Dornröschen tat es leid, dass ihr Vater an ihrem neuen, wunderbaren Leben nicht teilhaben konnte. Ihren modernen Erretter konnte man nur minutenweise zu ihm lassen. Meist entschlüpfte ihm ein neuartiges Wort und er saß mit übereinander geschlagenen Beinen vor ihrem Vater. Oft vergaß er, sein Handy stumm zu stellen und musste sich dann weigern, dem König den so sonderbar piepsenden Vogel zu zeigen. Nachdem sich ihre wunderbare Erweckung gejährt hatte, fand es Dornröschen an der Zeit, ihren Vater endlich mit der Wirklichkeit zu konfrontieren.

3. Kapitel

Man beschloss, es zunächst durch seine engsten Berater zu versuchen. Julius, der einstige Astronom, Heinrich, ehemals Physikus, Heerführer Anton und der ehemalige Hofnarr Wendelin besprachen sich in einem Meeting. Die Königin traf Vorkehrungen. Der König wurde durch heimliche Beimischungen von Nahrungsergänzungsmitteln in sein Essen gestärkt. Ein Psychiater saß im Nebenzimmer, für alle Fälle. Baldriantee und Riechsalz wurden bereitgelegt. Hinter einem Verschlag im Schlafzimmer wohnte die Königin dem Treffen bei, zitternd und ernstlich besorgt um den Verstand ihres Mannes.

„Durchlaucht", hub Wendelin, der Hofnarr an. „Über ein Jahr weilt Ihr nun hier, hundert Jahre ist es her, dass Ihr die Welt jenseits dieses Zimmers gesehen habt."

„Es waren weit mehr", brummte Julius, wurde jedoch von Anton mit einem schmerzhaften Rippenstoß zum Schweigen gebracht.

Wendelin versuchte es noch einmal. „Wie dem auch sei, die Welt da draußen hat sich derweil in erheblichem Maße verändert."

Der König hatte sich angekleidet und saß hoheitsvoll in seinem prächtigen Ohrensessel. Er hatte beschlossen, nun endlich hinzunehmen, was nicht mehr zu ändern war. Außerdem war er seiner Pflicht als Herrscher schon viel zu lange nicht mehr nachgekommen. Wer weiß, welcher Möchtegern sich inzwischen sein Zepter zueigen gemacht hatte! Er fühlte sich großartig heute und wohl gewappnet für die hoffentlich schöne, neue Welt. „Hofnarr", sagte er mit strafendem Blick, „er hat den König vor sich und keinen Bauernlümmel. Natürlich hat die Welt sich weiterentwickelt! Während meiner Genesung habe ich mir die Erfindungen der letzten Jahre vor dem unglückseligen Abend vor Augen gehalten. Ich habe die Daguerrotypie dabei, die mich und die Königin auf dem Hippomobile zeigt." Er hielt den Beratern eine Fotografie unter ihre Nasen.

Betreten betrachteten die vier Männer das uralte, verblichene Schwarz-weiß-Bild, das das Herrscherpaar auf einem dreirädrigen Vehikel zeigte, das nicht viel mehr als ein fahrender Holzkasten war.

Der König sprach weiter: „Diese beiden Erfindungen etwa werden sich weiterentwickelt haben. Ebenso die Sternenkunde und die Waffenkunst. Ich bin nun bereit, der neuen Welt gegenüberzutreten. Zeigt mir etwas davon!"

Man hatte beschlossen, den König zunächst mit alltäglichen Neuheiten zu konfrontieren. Mit einer Verbeugung übergab Wendelin nun seinem Gebieter einen Korb. „Hier sind einige Exponate der neuen Welt enthalten, meine Durchlauchtigkeit. Etwa moderne Kleidung."

Zorn schoss im Gemüt des Königs hoch. „Was bildet er sich ein? Seit wann interessiert sich ein Herrscher in einer neuen Welt als erstes für Geschmeide?" Mit einem bitterbösen Blick auf den Hofnarr griff er aber doch in den Korb und zog eine Winterjacke hervor.

Dienstbeflissen informierte Wendelin seinen Herrn. „Außer dem Knopf als Verschluss gibt es jetzt auch den Reißverschluss, Druckknöpfe und den Klettverschluss. Seht, mein Herr, man zieht nur daran und er öffnet sich, man drückt nur darauf und er schließt sich wieder. Das unnachahmliche Geräusch dabei inspiriert mich, daraus ein Instrument zu machen."

Kritisch betrachtete der König die Daunenjacke. Die Verschlüsse rührte er jedoch nicht an. „Wenn das bedeutende neue Errungenschaften sind, hat die Welt nicht viel dazugelernt", sagte er eisig. „Haltet mich nicht mit solchen Kinkerlitzchen auf!"

Eilfertig zog Wendelin nun eine Box mit einem noch dampfenden Big Mac hervor. „Seht her und kostet, mein Gebieter. Diese Mahlzeit zu bekommen dauert heutzutage nicht einmal fünf Minuten!"

Der König schnupperte und biss vorsichtig ein Stück ab. Fluchend spuckte er Wendelin den Bissen an den Kopf und sprang auf. „Geh er mir aus den Augen mit seinem Schweinefraß, bevor ich mich vergesse!", schrie er empört. „Ich will auf der Stelle wissen, welche Waffen man nun hat! Welche Erkenntnisse in der Astronomie! Welche neuen Fortbewegungsmittel! Wird's bald? Oder möchte einer der Herren morgen einen Kopf kürzer sein als heute?"

Der Königin hinter dem Verschlag stockte der Atem.

Die Berater blickten sich betreten an. Wie sollte man dem König klarmachen, dass es ihn eigentlich gar nicht mehr gab? Dass Königshäuser in der westlichen Welt mittlerweile zu nicht viel mehr gut waren, als Frauenmagazine mit ihren Fotografien und ihren Skandalgeschichten zu füllen?

Julius, einst Astronom, beschloss, dass es an der Zeit war für radikale Maßnahmen.

4. Kapitel

„Es geschehe, wie Ihr wünscht, Eure Hoheit." Julius griff in seine Hosentasche und beförderte sein Smartphone zutage. „Seht her, mein König. Mit dieser Erfindung kann man sehr viele verschiedene Dinge tun. Sie fotografiert, stellt also Bilder her. Dann ist sie ein Cinematograph, man sieht bewegte Bilder. Außerdem macht sie Licht, ist auch ein Telegraf und zugleich ein Telefon."

„Wie klein das Gerät ist!", wunderte sich der König. „Gib es mir, das Wunderding", befahl er. „Es scheint mehrere der alten Geräte zu vereinen. Kann man sich damit auch fortbewegen?"

„Nein, mein Gebieter, nur virtuell." Julius lächelte ein wenig. „Das erkläre und zeige ich Euch später. Wir haben etliche sogenannte Filme für Euch vorbereitet. Seht zunächst, was sich in der Astronomie getan hat."

„Endlich einmal etwas von wirklichem Interesse", bemerkte der König und setzte sich wieder. „Solange die Erde immer noch um die Sonne kreist, ist mir vor neuen Erkenntnissen nicht bange."

Der Film zeigte im Zeitraffer neue Entdeckungen und die Entwicklung von Raumfahrt und Satelliten bis hin zur Erforschung entfernter Planeten. Die Königin war aus ihrem Verschlag hinzugetreten und setzte sich auf den Fußschemel, bereit für die Reaktion ihres Mannes. Doch in seinem Gesicht war nicht zu lesen, wie er die neue Welt aufnahm.

„Der zweite Film zeigt den Fortschritt von Technik und Fortbewegung", sagte Heinrich, der Physikus.

„Der dritte die Entwicklung von Waffen und die der politischen Lage", trug der Heerführer Anton bei.

„Und der vierte die Entfaltung von Kunst und die Entwicklung der Natur", traute sich Wendelin, zu bemerken.

Der König sah sich alle Filme an und zuckte mit keinem Lid. Nur bei der Atombombe und dem Holocaust weiteten sich seine Augen.

Die Königin bekam es mit der Angst zu tun, als ihr Mann so reglos dasaß. „Nun, auch ich habe einen Film für euch vorbereitet", sagte sie sanft. „Der Prinz hat mir geholfen. Seht, wie wir unsere Wiedererweckung gefeiert haben und wie sich unser Dornröschen gemacht hat!" Sie tippte auf dem Smartphone herum und gab es ihrem merkwürdig stillen Gemahl wieder in die Hand.

5. Kapitel

Zunächst war eine laute, schnelle Musikweise zu vernehmen, bei der der König das Wunderding automatisch erst einmal von sich weghielt. Die Weise wurde jedoch sogleich leiser und Majestät blickte in das fröhliche Gesicht eines jungen Mannes. Er erkannte ihn kaum wieder, da er in einer seltsamen, etwas schlabberigen Kleidung steckte und keine Perücke aufhatte.

„Hi, Schwiegervater in spe! Die Musik ist wahrscheinlich gewöhnungsbedürftig für dich, das nennt sich ‚House'. Jetzt erstmal ein Selfie, damit du weißt, wer dir deine Tochter bald entführt!", lachte der junge Mann. „Ich heiße Prince; meine Eltern waren so ein Fan von ihm und seiner Musik, dass sie mir diesen Namen angetan haben. Ich studiere Informatik, was das ist, sollen dir deine Berater erklären. Aber du brauchst dir keine Sorgen um Geld zu machen. IT-Leute verdienen gut. Ich liebe deine Rosie sehr und hoffe, der Film überzeugt dich davon."

Dann schwenkte das Gerät zu einer Festlichkeit und zeigte die Gäste und das fröhliche Geschehen. Der junge Mann kommentierte zuweilen die Ereignisse.

„He, Rosie, dem Braten schmeckt man aber nicht an, dass er eigentlich hundert Jahre alt ist!"

„Na, man sieht mir hoffentlich auch nicht an, dass ich eigentlich schon hundertfünfzehn bin", lachte Dornröschen.

„Hundertfünfzehn", wiederholte der König reglos.

„Sie hat einen Scherz gemacht", beeilte sich die Königin, zu erklären. „Wir können froh sein, dass sie noch so jung ist und sich so schnell an diese neue Welt angepasst hat."

Nun sah man eine Stadt. „Das ist jetzt unser München", sagte der junge Mann. In rascher Folge waren nun viele Orte zu sehen, die Prince alle beim Namen nannte: „Das ist der Olympiapark, das das Kunstareal, jetzt kommt Marienburg und Schloss Nymphenburg.

Dann der Stachus, die Allianz Arena, die BMW-Welt, unser Tierpark Hellabrunn, und das war letztes Jahr auf dem Oktoberfest." Auf dem großen Platz und in einem riesigen Zelt waren so viele grölende Menschen derart eng beieinander, dass es den König eher an eine Schlacht als an ein Fest erinnerte.

Das Bild wechselte erneut und zeigte nun einen weiten Platz mit riesigen, metallenen Maschinen, die Vögeln ähnelten. „Das ist unser Flughafen. So richtige Flugzeuge gab es ja zu deiner Zeit noch nicht, deshalb dachte ich, dass dich das interessiert. Rosie will übrigens Stewardess werden, also Flugbegleiterin", lachte Prince. „Ist doch toll, oder?"

„Toll, ja", sagte der König tonlos.

Jetzt sah man wieder den Innenhof des Schlosses. Dornröschen fuhr auf kleinen Räderdingen an ihren Füßen. An ihren Gelenken und auf ihrem Kopf waren seltsame Gegenstände angebracht. In ihren Händen hielt sie einen weißen Becher und einen stark rosafarbenen, glänzenden Kringel. „Guck mal, Papa", rief Dornröschen, „das sind Inliner! Und das ist ein Milchshake und das ein Donut! Schmeckt beides hiiimmlisch!"

„Papa", wiederholte der König.

„Man ist bezüglich der Anrede viel zwangloser geworden", erklärte die Königin rasch.

Das Gerät zeigte nun wieder den jungen Mann. Er hielt ein kleines Kästchen in der Hand und spielte darauf herum. Ein paar Meter von ihm entfernt flog ein Gerät in Form einer großen Spinne durch die Luft. „Ich liebe Drohnen", lachte der Jüngling. „Ich bringe dir bei, wie man sie fliegen lässt, du wirst es auch lieben!"

„Aus dem Orient", sagte der König und warf der Königin einen vernichtenden Blick zu.

Diese senkte schuldbewusst ihren Kopf.

„Also, das waren ein paar Eindrücke von deiner neuen Welt, künftiger Schwiegerpapa. Ich hoffe, du gewöhnst dich schnell an sie. Sie ist nicht perfekt, naja, Klimawandel, Erderwärmung, die Verschmutzung von Wasser, Luft und Böden und so. Aber perfekt war sie ja noch nie. Bis bald, Rosie will jetzt noch Bungee-Jumping machen. Das zeig ich dir lieber jetzt noch nicht", lachte Prince. „Bis dann!" Der Film war nun zu Ende.

„Bungee-Jumping", sagte der König.

Wendelin setzte an: „Da steigt man auf eine Anhöhe und...", schwieg jedoch, als ihn der bitterböse Blick der Königin traf.

Diese überlegte sich sorgfältig ihre Worte, als ihr Mann so reglos und stumm blieb: „Mein Gemahl, Ihr werdet Euch nach diesen vielen neuen Eindrücken sicher in Eure Gemächer zurückziehen wollen."

Der König blickte auf. Mit einer herrischen Handbewegung bedeutete er den Beratern, sich zu entfernen. Dann legte er die Hände in den Schoß und sah die Königin an.

6. Kapitel

Lange saß der König so da und blickte seine Gemahlin an. Endlich sagte er: „Weib, bin ich noch König?"

Die Königin wand sich. „Ja und nein, mein Gemahl..."

„Die Wahrheit!", herrschte der König.

„Nein, mein Gebieter", sagte die Königin leise. „Wir werden noch geehrt, haben jedoch keine Herrschaftsbefugnis mehr. Die Staatsform heißt nun Demokratie."

„Sind wir enteignet worden und verarmt?", fragte der König weiter.

„Nein, mein Gebieter. Wir besitzen zwar keine Ländereien mehr, aber das Gold und Eure Valoren sind an Wert gestiegen. Unsere alten Möbel und die ganze Ausstattung sind jetzt Antiquitäten und sehr gefragt."

Der König überlegte. „Was ist mit den Gefangenen in unserem Kerker geschehen? Sind sie verhungert?"

„Sie sind befreit worden", antwortete die Königin. „Von einer Institution namens Amnesty International. Sie kümmert sich um politische Gefangene und unrechtmäßig eingekerkerte Menschen." Sie griff nun nach der Hand des Königs, rückte näher und blickte ihn eindringlich an. „Es ist keine schlechte Zeit, mein Gemahl, wie Prince es sagte. Sie hat ihre Fehler und Schwächen, so wie unsere Zeit auch. So wie jede Zeit, die jemals herrschte. Geht in Euch und gebt dieser Welt die Gelegenheit, Euch von ihren guten Seiten zu überzeugen."

Der König blickte sie verloren und kummervoll an. „Ist heutzutage alles Essen so scheußlich wie dieser lasche, runde Klotz von Wendelin?"

„Nein", lächelte die Königin. „Es gibt noch vieles, das wir kennen. Außer Schwänen, Tauben und anderem Kleingetier. Auch so etwas wie Kaldaunen isst man heute nur noch selten."

„Die habe ich sowieso noch nie gemocht."

Die Königin lächelte.

Dann saßen sie eine Weile stumm nebeneinander. Schließlich tätschelte der König die Hand seiner Frau. Fragend blickte sie auf. „Mein Gemahl?"

„Meine Liebe, sag ‚Eduard' zu mir", sagte der König leise.

Der Schnüffler:

Hänsel und Gretel – Hinter den Türen

Hier bin ich wieder, Brad Buttermaker, Sie erinnern sich doch hoffentlich noch an mich, hahaha? Der Privatschnüffler mit dem obskuren Fall ‚Schneewittchen' letzthin. Heute einmal nichts von unserer degenerierten Elite, sondern eine Geschichte von ganz einfachen Leuten. Ja, auch bei denen gehen ‚behind closed doors' manchmal Sachen ab, die wir uns in unseren kühnsten Träumen nicht vorstellen können. Obwohl heutzutage ja auch deren Leben ausgeschlachtet wird. Wenn man am Nachmittag das Glotzophon anmacht, entsteht der Eindruck, Deutschland besteht nur noch aus abgehalfterten Promis und Harz-4-lern, dazwischen scheint es nichts mehr zu geben, sorry.

Vorab entschuldige ich mich lieber gleich mal wieder für meine flapsige Art. Ist bei diesem Fall besonders wichtig, da es um echt heikle Dinge geht. Aber ich versichere Ihnen: Ich bin alles andere als diskriminierend, ich rede nur, wie mir der Schnabel gewachsen ist. Müsste ich auf ‚political correctness' achten, würde ich nichts Zusammenhängendes mehr hervorbringen. Sagt meine Aluna auch immer. Übrigens eine stattliche Schwarze mit polnischen Wurzeln väterlicherseits. Zeigt ja, wie ich drauf bin. Und ja, ich liebe sie, schon seit dreißig Jahren. So, wie sie ist. Jeden Zentimeter ihrer Schokoladenhaut und jedes Pfund an ihr. Kann bei Gelegenheit mal aus dem Nähkästchen plaudern, wie wir uns kennengelernt haben. War bei einem Fall, als ich Münchhausen mitten in der afrikanischen Pampa wieder mal aus der Bredouille helfen musste.

Aber zurück zum heutigen Fall. Also, Verwandte hatten mich engagiert, bei einem älteren, bettelarmen Kerl mal nach dem Rechten zu sehen. Weil dessen lange verschollenen Kinder plötzlich wieder aufgetaucht sein sollten. Als ich in die Chose eingestiegen bin, habe ich mich erst einmal ohne weitere Infos hinbegeben. Mach ich immer so, ganz unvoreingenommen. Da wunderte ich mich erst einmal nicht schlecht. Von der wegen ‚arm'! Tolles Haus, großer Garten, ein schickes Fräulein öffnete mir die Tür. Drinnen saß ein verhärmter Alter und ein 300-Kilo-Bursche, der anscheinend auf der Couch lebte. Hab mich als Freund von angeheiratetem Cousin ausgegeben oder so ähnlich, der zuuufällig in der Nähe war, hahaha.

Kriegte dann Kaffee und Kuchen und hab angefangen, nett zu plaudern. Und ich sage Ihnen - noch vor dem Smalltalk war da in diesem schnieken Haus die Luft zum Zerreißen gespannt. Die übelsten Vibes waren zu spüren! Sorry. Die Hosen in diesem ‚trauten' Heim hatte die kleine Fashionable an, das war eindeutig. Der Fette kriegte eine Scheibe Kuchen, die so dünn war, dass ich dahinter meine Morgenzeitung hätte lesen können. Der dürre, verhuschte Alte saß mit eingezwicktem Gemächt da, sorry, der traute sich nicht, auch nur ‚Piep' zu sagen. Die Unterhaltung führte die Aufgetakelte; nicht ohne den Koloss mit eisigem Blick zu versehen, als er verstohlen nach einem weiteren Kuchenstück griff. Was da sublim abging, war beinahe mit Händen zu greifen! Na, ich blieb nicht lange. Allerdings stand ich dann vor der Haustür ein wenig länger. Als ich sah, dass das Fenster daneben offen stand, hahaha.

„... du hättest das ganze Fressen nicht in dich hineinstopfen müssen! War doch eh blind, die Alte! Du hättest es in deinem Scheiß-Kübel untermischen können! Ich musste ihn schließlich immer ausleeren, ich hätte dich bestimmt nicht verraten!"

„Ich bin der Ältere und hab länger gehungert als du! Und wie oft habe ich dir als kleiner Junge von meinem bisschen Essen noch was abgegeben, weil du mir so leidgetan hast! Da nimmt man später halt, was man kriegt! Und so dankst du mir das jetzt, indem du mich wie einen Idioten behandelst!"

„Kinder, so hört doch um Gottes Willen auf, zu streiten!"...

Au Backe. Starker Tobak. Ich schlich auf Zehenspitzen davon und beschloss, nun erst mal zu recherchieren.

Die Familie war wirklich einmal sehr arm gewesen. Derart, dass der Alte und seine Frau, die damals noch gelebt hatte, beschlossen hatten, die Kinder im Wald auszusetzen. Der Hammer, was? Muss auch noch von der Frau ausgegangen sein. Mann, welche Mutter macht so etwas? Manch andere schneidet sich lieber ein Stück Fleisch von den Rippen, bevor ihre Kids verhungern! Sorry, aber wie diese Frau drauf gewesen sein musste, machte mich echt frieren, brr!

Die Kinder, Hänsel und Gretel, waren anscheinend unter keinem guten Stern geboren. Im Wald gerieten sie an eine alte Hexe, die ebenso 'nen Lattenschuss hatte wie ihre Mutter. Den Jungen steckte sie in einen Käfig und mästete ihn wie eine Weihnachtsgans, das Mädchen musste Drecksarbeiten für sie machen. Irgendwann ist die Sache dann eskaliert. Die umnachtete, alte Schrulle wollte dem Bub an den Kragen. Aber wie! Sie hatte tatsächlich vor, ihn zu braten und zu essen! Bäh! Wieso geriet immer ich an solche abgespackten Geschichten? Pfui, Spinne, sag ich nur. ‚Anthropophagie' heißt das wohl, ich nenne es ‚einen gewaltigen Sprung in der Schüssel haben'! Na, jedenfalls schaffte es das Girl irgendwie, dass die Durchgeknallte selber im Ofen landete und gottsjämmerlich verbrannte. Hatte keine juristischen Nachfolgen, es war sowas wie Notwehr gewesen. Die hirnverbrannte Alte, hahaha, hatte keine Erben. Irgendwie deichselten es die Kinder, dass das beträchtliche Vermögen der Meschuggenen an sie fiel.

Soweit, sogut, jetzt hätte ja alles in Butter sein können. Die Kinder fanden wieder nach Hause, reich wie Zuckerberg, die Mad Mom, hahaha, war inzwischen auch gestorben. In Saus und Braus hätten die drei jetzt leben können, doch es kam anders. Tja, so dramatische und traumatische Erlebnisse hinterlassen ihre Spuren in uns, glauben Sie einem erfahrenen Mann. Was sich dann im Leben der drei abspielte... Dramen, sage ich Ihnen!

Also Hänsel, der Bursche, hatte eindeutig eine Essstörung davongetragen. Kein Wunder. Alle Versuche von Gretel, ihn zu einer Therapie zu bewegen, schlugen fehl. Ebenso, ihn von ungesunden Nahrungsmitteln fernzuhalten, denn da kam der ausgemergelte Alte ins Spiel. Der hatte wohl ein derart schlechtes Gewissen, weil er seine Kinder ausgesetzt hatte, dass er dem Hänsel alles zusteckte, was irgendwie essbar war. Schließlich gab ihm die Gretel kein Geld mehr und führte Buch über den Inhalt von Kühlschrank und Vorratskammer. Doch der spindeldürre Alte zwackte jetzt immer mehr von seinem eigenen Essen ab und gab es heimlich seinem Sohn. Was zur Folge hatte, dass der eine immer fetter und der andere immer klappriger wurde. Ich sag's ja, Dramen ohne Ende! Denn das war noch nicht alles. Hört weiter und staunt! Sorry.

Als ich schon eine Weile in den Fall involviert war, steckte mir einer meiner Kontaktmänner, dass Gretel sich plötzlich in zwielichtigen Kreisen bewegte. Sie hatte allen Ernstes vor, einen Killer anzuheuern, um ihren Bruder zu beseitigen! Tatsache, ich weiß es aus erster Hand! Ihrem Therapeuten jammerte sie vor, dass sie jetzt in den allerersten Kreisen verkehren könnte, Influenzerin werden und das Leben endlich in vollen Zügen genießen könnte, wenn da nicht diese zwei kranken Individuen zuhause rumsitzen würden! Sie konnte ja nicht einmal wen einladen! Wie sah denn das aus, wenn permanent rechts auf der Couch ein abgezehrter Suppenkasper und links ein angeschwollener Marshmallowbruder saß! Die Sache scheiterte letztendlich daran, dass sich der Auftragskiller nicht darauf einließ, einen Menschen niederzumeucheln, der das Haus nicht mehr verlassen konnte. Viel zu riskant.

Tja, da staunen Sie, was? Ja, das Leben schlägt manchmal Wunden, die alles Geld der Welt nicht heilen kann. An dieser Stelle klinkte ich mich ein. Ich riet der Verwandtschaft, eine Pflegerin einzustellen für die zwei Psychos, den ausgehungerten Alten und den krank gefressenen Jungen. Der größenwahnsinnigen Gretel sollten sie raten, sich ein eigenes Haus zuzulegen, um mal Abstand von ihren zwei Sorgenkindern zu bekommen. So geschah es dann auch. Um Haaresbreite konnte ich somit eine Tragödie verhindern. Denn! Ich weiß aus sicherer Quelle, dass Gretel ihren Vater ebenfalls schon im Visier ihrer imaginären Flinte hatte! Sorry. Wissen Sie, ich hatte manchmal den Verdacht, dass die kleine Geschniegelte und Gebügelte sozusagen Blut geleckt hatte, nachdem sie die alte Hexe gebraten hatte. Lag vielleicht latent schon in ihren Genen, die Mutter hatte ja auch gewisse Untiefen gehabt. Doch wie auch immer, meine Maßnahmen waren von Erfolg gekrönt. Es liegt mir wirklich fern, mich als den großen Retter der zwei armen Würstchen, des dicken und des dünnen, hahaha, aufzuspielen. Doch es ging nach dem Einstellen der Pflegerin endlich langsam aufwärts mit den beiden. Der eine aß wieder mehr und der andere wieder weniger. Und die aufgetakelte Gretel heiratete einen steinreichen Krösus. Chef eines Konzerns, der Eiweißriegel und -shakes herstellte. Das Zeug, das in Fitnessstudios steht. Also für Bodybuilder und Abnehm-Junkies. Fand ich skurril, irgendwie.

Also, wenn ich wieder mal über den Fall rede, und mir die beiden Geschwister vor Augen halte, muss ich an Josi und Lilan, meine eigenen beiden Gören denken. Die mich manchmal in den Wahnsinn treiben mit ihren Fünfern in Mathe und ihren Handys beim Essen. Oder ihrer stundenlangen Belagerung des Badezimmers. Dann bin ich wieder höchst zufrieden mit ihnen.

Der glitschige Froschkönig

Einakter

Personen

Lelana	*Prinzessin, zart*
König	*Vater von Lelana, energisch*
Sophie	*früher Amme der Prinzessin, jetzt ihre Kammerfrau, mütterlich, erfahren, weltklug*
Otto	*Wächter, stramm und gutaussehend*
Balthasar	*Prinz, eher zartgliedrich*
Heinrich	*Diener von Prinz Balthasar*

Ort

Der Schlosspark. Bäume, Blumenbeete, Statuen, ein Brunnen mit Seerosen, schräg davor eine Bank. Vogelgezwitscher

Vorhang

(Der König und seine Tochter Lelana sitzen auf der Bank, Kammerfrau Sophie steht dahinter. Sie schützt die Prinzessin mit einem Regenschirm, da es ein wenig tröpfelt. Seitlich im Hintergrund steht Wächter Otto)

Lelana	Ich freue mich, Euch wieder einmal zu sehen, Vater. Mutter ist wohl verhindert?
König	Sie ist unpässlich, seit dem Frühstück. Doch sie lässt dir die wunderbarsten Grüße ausrichten.
Lelana	Entbietet ihr meine besten Genesungswünsche!
König	Das werde ich. *(sammelt sich)* Mein liebes Kind, es hat einen Grund, weshalb ich dich auf diesen Lustwandel bat. Es gibt Dinge, die nicht für jedermanns Ohren bestimmt sind. *(wirft einen Seitenblick auf die Kammerfrau)* Sophie, sie kann sich jetzt ein wenig zurückziehen. Von den paar Tropfen, die es noch regnet, wird die Prinzessin nicht verwüstet werden, nicht wahr, mein Kind?
Lelana	Wenn Ihr meint, mein Vater. *(es klingt nicht begeistert)*
Sophie	*(knickst)* Wie Majestät wünschen. *(schließt den Schirm, geht hinter den Brunnen und spaziert langsam hin und her)*
Lelana	*(blickt ängstlich zum Himmel, wischt sich hastig den einen oder anderen Regentropfen von Gesicht und Händen)*
König	*(sieht der Prinzessin kopfschüttelnd zu, seufzt)* Lelana, du kennst mich. Ich spreche, ohne ein Blatt vor den Mund zu nehmen. Es ist nun schon über ein Jahr her, dass du mit dem Prinzen verheiratet bist. Wo bleibt der Thronfolger?
Lelana	*(erschrickt und errötet)* Vater!
König	*(nimmt Lelanas Hand)* Ja, ich weiß, so ein Gespräch müsste eine Mutter führen. Die Königin schlägt sich jedoch mit denselben... Empfindlichkeiten herum wie du, deshalb obliegt diese Sache nun mir. Also. *(seufzt erneut)* Reden wir nicht um den heißen Brei herum.

	Kommst du deinen Pflichten als Eheweib nach? Kommt der Prinz seinen Pflichten als Mann nach?
Lelana	*(immer entsetzter, rückt vom König ab)* Vater!
König	*(streng)* Lelana, ich wünsche eine Antwort!
Lelana	*(folgsam)* Nein, mein Vater.
König	Was heißt ‚Nein'? Erkläre dich gefälligst genauer! Willst du nicht oder will er nicht? Oder kann er nicht?
Lelana	*(windet sich vor Scham, wischt auf ihrem Kleid herum, entfernt imaginären Staub von ihren Füßen)*
König	*(klopft ungeduldig mit den Knöcheln auf die Bank)* Ich höre?
Lelana	*(leise)* Er kann schon. Doch manchmal will er nicht. Und manchmal will ich nicht.
König	*(verdreht die Augen)* Du liebe Güte, da haben sich ja zwei gefunden. *(Schüttelt mit dem Kopf, blickt seine Tochter prüfend an)* Du bist eine hübsche, wohlgestaltete Person, desgleichen dein Prinz. Ich sehe keinen Grund, weshalb ihr keinen Thronfolger zustande bringen könntet. *(streng)* Und ‚will nicht' gibt es nicht! Du wirst gefälligst deine frauliche Bestimmung erfüllen, die du als künftige Königin nun einmal hast und dem Königreich binnen des nächsten Jahres einen Thronfolger bescheren. Habe ich mich klar ausgedrückt?
Lelana	*(leise)* Das habt Ihr, Vater.
König	*(nimmt wieder die Hand seiner Tochter)* Man muss manchmal Dinge tun, auch wenn man sie nicht mag. Frag deine Mutter, wenn sie wieder wohlauf ist. Sie hat ähnliche... Befindlichkeiten wie du. Doch man kann diese Dinge mit Willenskraft überwinden. Sonst wärst du nicht auf der Welt. Und wenn ich dir vor einem Jahr nicht so zugesetzt hätte, dich an dein Ver-

	sprechen zu halten und dich um den Frosch zu kümmern, wärst du jetzt nicht mit einem Prinzen verheiratet. Habe ich nicht Recht?
Lelana	*(folgsam)* Das habt Ihr, Vater.
König	*(wirft der Prinzessin einen väterlichen Blick zu)* Wirst du also meinem Wunsch nachkommen?
Lelana	Das werde ich, mein Vater.
König	*(tätschelt zufrieden ihre Hand)* Das ist mein braves Mädchen. *(steht auf)* Ich kann auch mit dem Prinz ein Wörtchen sprechen.
Lelana	*(entsetzt)* Tut das nicht, Vater! Ich werde mich um diese Sache kümmern!
König	Nun gut. Aber wenn du binnen eines Jahres nicht guter Hoffnung bist...
Lelana	*(unterbricht ihn)* Das werde ich, Vater, bestimmt! Ich verspreche es Euch!
König	*(nickt gnädig, küsst seine Tochter aufs Haupt, tätschelt noch einmal ihre Hand und geht links ab)*
Lelana	*(blickt verzweifelt vor sich hin)* Einen Thronfolger soll ich zeugen? *(schüttelt sich)* Alleine der Gedanke daran... *(schlägt die Hände vors Gesicht und fängt bitterlich zu weinen an. Springt auf, eilt zu Sophie, die am Brunnen steht und hängt sich schluchzend an sie)*
Sophie	Na, na, mein Herz. *(streichelt Lelana, winkt den Wächter Otto näher heran)* Was betrübt Euch denn so?
Lelana	*(schluchzend)* Einen Thronfolger will er, der Vater! Ich musste es ihm versprechen. Aber dann muss ich ja... *(blickt verschämt in alle möglichen Richtungen)* ...ES tun!
Sophie	*(streicht Lelana übers Haar)* Nun, nun, Prinzessin, das bekommen wir schon alles hin. Was ist denn an

	dem... ES so schlimm? Die meisten Menschen haben Vergnügen daran.
Lelana	*(wird stocksteif vor Entsetzen und löst sich von der Kammerfrau)* Vergnügen? Ich finde es ganz furchtbar! Man macht die seltsamsten Verrenkungen und gerät in konvulsive Zuckungen, wie bei der Fallsucht! Es bereitet wohl Vergnügen, aber man hat überhaupt keine Kontrolle mehr über seinen Körper! Noch dazu kommt man außer Atem, gerät in klebriges Schwitzen und die Körper reiben mit unangenehmem Widerstand aneinander. Außerdem produziert man schleimige, übelriechende Körpersäfte. Ekelhaft! *(schüttelt sich heftig)*
Sophie	*(zieht die Prinzessin wieder an sich)* Beruhigt Euch erst einmal. Kühlt Eure Augen doch mit dem frischen Brunnenwasser. *(nimmt Lelanas Hand und taucht sie ins Wasser)*
Lelana	Iih! *(zieht ihre Hand zurück)* Das ist ja ganz glitschig!
Sophie	*(schimpft)* Habt Euch nicht so. Das kommt von den Seerosen und Wasserpflanzen und ist ganz normal. *(taucht selbst ein Tüchlein ins Wasser und kühlt Lelanas Augen)* Aber da sind wir schon mittendrin in Eurem Problem. Kommt, wir setzen uns und sprechen über diese Sache. *(zieht die Prinzessin auf die Bank)*
Lelana	*(blickt die Kammerfrau ernst an)* Sophie, ich bin nicht dumm und weiß, dass ich in manchen Dingen etwas überempfindlich bin.
Sophie	*(mit einem Seitenblick)* Etwas?
Lelana	Nun, ich gebe zu, eher sehr. Aber woran liegt das?
Sophie	*(überlegt, wie sie sich der Prinzessin verständlich machen kann)* Prinzessin, wisst Ihr, warum Eure Mutter seit heute Morgen unpässlich ist?

Lelana	*(schüttelt mit dem Kopf)* Nein.
Sophie	Weil die neue Köchin ihr ein Stipp-Ei statt eines hartgekochten zubereitet hat.
Lelana	*(entsetzt)* Mit gelbem, klebrigem Papp und weißem Glibberzeug? Igitt!
Sophie	*(breitet die Hände aus)* Eben.
Lelana	*(blickt zu Boden)* Ich verstehe. Ich habe diese Überempfindlichkeit von meiner Mutter geerbt. Doch was soll ich dagegen tun?
Sophie	Ihr müsst Euch an diese Dinge gewöhnen. Langsam, Stück für Stück. An Haferschleim und Graupensuppe. An die feuchte Schnauze und die freudige Zunge des Hofhunds, wenn er euch begrüßt. Zuletzt an Stipp-Eier und an... ES. Zunächst einmal greift Ihr jeden Tag in das Brunnenwasser hinein. Erhebt Euch, wir beginnen sogleich damit.
Lelana	*(rührt sich nicht)*
Sophie	*(ruhig, aber bestimmt)* Welches meiner Worte habt Ihr nicht verstanden? Wir – beginnen – sogleich – damit!
Lelana	*(erschrocken)* Jetzt?
Sophie	Jetzt sofort. Nun, erhebt Euch.
Lelana	*(steht zögernd auf)*
Sophie	Nun begebt Euch zum Brunnen.
Lelana	*(geht zum Brunnen)*
Sophie	Nun taucht Eure Hand ins Wasser.
Lelana	*(streckt den Zeigefinger aus und tippt mit der Spitze ins Wasser)*
Sophie	Die ganze Hand, bittesehr.
Lelana	*(dreht und wendet ihre Hand, führt sie von allen Seiten immer wieder nah an das Wasser heran, kann sich aber nicht überwinden, sie ganz hineinzutauchen)*

Sophie	*(schimpft)* Ihr Fräuleins von königlichem Geblüt habt viel zuviel Zeit zum Nachdenken! Wärt Ihr vom einfachen Volk, müsstet Ihr täglich klebrigen Brotteig kneten, schlamm- und kotverkrustete Stiefel reinigen und schleimige Schnecken vom Gemüse absammeln!
Lelana	*(schüttelt sich)* Igitt, igitt, igitt!
Sophie	Wenn Ihr jetzt nicht auf der Stelle tut, was ich Euch gesagt habe, werde ich die Köchin bitten, heute Abend einen ganzen Trog Schweinefutter in Euer Bett zu kippen. Mit glitschigen Kartoffelschalen, überreifem Obst und vergammeltem Gemüse.
Lelana	*(entsetzt)* Das tust du nicht!
Sophie	Ihr könnt es ja darauf ankommen lassen...
Lelana	*(schreit)* Du bist ekelhaft! *(taucht die Hand ins Wasser, zieht sie mit einem Aufschrei und glitschigen Algen wieder zurück, streift diese mit viel Iih! und Uuh! wieder ab)* Da! Bist du nun zufrieden?
Sophie	Leidlich. Kommt, setzt Euch wieder zu mir. Wir haben nun eine Strategie für Euer Problem, und in ein paar Wochen werdet Ihr über Eure frühere Empfindlichkeit selbst lachen. Doch damit ist es nicht getan. Es gibt noch eine weitere, weit schwerwiegendere Sache, über die wir sprechen müssen.
Lelana	*(setzt sich wieder, wischt immer noch an ihrer Hand herum)* Sophie, wovon sprichst du nur?
Sophie	*(blickt die Prinzessin ernst an)* Nicht nur Ihr habt Eure Marotten. Auch Euer Gemahl hat... sagen wir einmal... ein Bedrängnis. Und das zu behandeln, wird alles andere als einfach.
Lelana	*(sieht ihre Kammerfrau fragend an)*
Sophie	Habt Ihr Euch nie gefragt, weshalb der Prinz Euch so selten in Eurem Schlafgemach besucht?

Lelana	Nun, ich dachte, dass er ebenso wie ich...
Sophie	... ES nicht gerne vollzieht? Nein, das ist es nicht. Das Problem bei ihm liegt ganz woanders. *(winkt dem Wächter Otto wieder diskret zu, der sich nun ganz hinter die Prinzessin stellt)*
Lelana	*(blickt die Kammerfrau mit großen Augen an)* Sophie, du machst mir Angst.
Otto	*(beugt sich zur Prinzessin vor und bringt sich in ihr Blickfeld)*
Lelana	*(erschrickt, blickt dann den Wächter irritiert und stirnrunzelnd an)*
Otto	*(verbeugt sich akkurat vor der Prinzessin und lächelt ein wenig)*
Lelana	*(errötet, neigt den Kopf, ist verwirrt. Schüttelt das Gefühl ab und wendet sich wieder ihrer Kammerfrau zu)* Sophie, nun sprich endlich, was hat denn mein Prinz für ein Problem?
Sophie	Damit Ihr das verstehen könnt, muss ich ein wenig ausholen. *(nimmt einen inneren Anlauf)* Ihr wisst, dass alles in der Welt seine Ordnung hat. Sie ist wohlgeraten. Doch gäbe es nur immer dieses Gleichmaß, wären wir wie Puppen in einem Theaterstück. Manchmal fällt etwas aus der Ordnung heraus, das hält uns lebendig. So wie auch Ihr ein wenig anders seid, ist es auch Euer Gemahl. *(blickt die Prinzessin nun an)* Ihr seid nun schon ein ganzes Jahr mit ihm verheiratet. Es müssen Euch doch gewisse Dinge aufgefallen sein.
Lelana	*(überlegt)* Nun, wir sind uns sehr ähnlich. Auch er ist eher zart besaitet, anders als manche seiner grobschlächtigen Artgenossen. Wie ich liebt er gute Düfte, Seidengewänder und sanfte Weisen der Lyra.

Sophie Ja, der Prinz ist in vielen Dingen ein wenig anders. Seht selbst, da kommt er mit seinem Diener Heinrich.

(Vorne an der Bühne erscheint Prinz Balthasar von rechts, sein Diener Heinrich von links. Bemerken die Frauen nicht, treffen sich in der Mitte. Lachen und unterhalten sich miteinander in eher frauicher Art, mit manierierten Bewegungen, fassen sich immer wieder an. Verschwinden dann beide, immer noch schäkernd, nach links von der Bühne)

Lelana Ich verstehe nicht ganz...
Sophie Seht, Prinzessin, Euer Gemahl liebt seinen Diener Heinrich sehr. Ihr wisst ja, dass dieser sich drei eiserne Bande um sein Herz hat legen lassen, als der Prinz in einen Frosch verzaubert wurde.
Lelana Ja, Heinrich ist meinem Gemahl sehr ergeben und zugetan. Doch ich verstehe immer noch nicht. Ich liebe dich doch auch, meine gute Sophie. *(nimmt ihre Kammerfrau in den Arm)* Ist das nicht normal?
Sophie *(streichelt die Prinzessin)* Doch, das ist es und ich freue mich darüber. Aber, Prinzessin, ich bin sicher, dass Ihr noch niemals in Erwägung gezogen habt, mit mir... ES zu vollziehen.
Lelana *(lässt Sophie entgeistert los)* Nein, du liebe Güte!
Sophie Seht Ihr. Doch Euer Prinz und Heinrich... *(lässt den Rest ungesagt)*
Lelana *(hebt die Hand, deutet in die Richtung, in die der Prinz und Heinrich verschwunden sind. Deutet mit der anderen Hand in die Richtung, aus der Heinrich kam. Führt beide Hände nun zusammen, verhakt die Zeigefinger ineinander, beginnt, zu verstehen)* Ach Gott! *(Augen und Kopf wandern hin und her, sie errötet)* Was für eine Eröffnung!

Sophie	Dieser Umstand war der Grund, weshalb ihn sein Vater von der Zauberin in einen Frosch verwandeln ließ. Die meisten Menschen verstehen diese Dinge nicht und möchten sie am liebsten aus der Welt schaffen. Doch wie ich schon sagte, unsere Welt wäre sehr statisch und langweilig, wenn sie nicht hin und wieder Dinge erschüfe, die ein wenig außerhalb ihrer Ordnung liegen.
Lelana	*(fasst sich mit beiden Händen an den Kopf)* Sophie, Sophie, was soll ich denn jetzt nur tun? Vater verlangt es nach einem Thronerben! Nach alldem, was du mir eröffnet hast... noch dazu in Bedenken meines eigenen Problems... Wie soll denn das gehen? Wie sollen wir beide jemals wieder... *(bricht schluchzend zusammen)*
Sophie	*(legt tröstend den Arm um die Prinzessin)* Das müsst Ihr nicht. Er will es nicht, Ihr wollt es nicht, also lasst es! Und davon abgesehen, versteht ihr euch doch gut miteinander.
Lelana	*(immer noch weinend)* Aber der Thronfolger!
Sophie	Auch hier weiß ich Rat. Es gibt da jemanden, der dafür sorgen wird. Er ist sehr kundig in solchen Dingen, absolut verschwiegen und von angenehmem Äußeren. Und Euer Gemahl wird sich darüber ebenfalls bedeckt halten. Glaubt mir, einmal Frosch gewesen, wird ihm eine Lehre sein. Ich verspreche Euch: Binnen eines Jahres werdet Ihr guter Hoffnung sein. Und ich wage zu behaupten, dass Ihr sogar mit der Zeit Vergnügen an dem Euch so verhassten... ES findet. Und falls nicht, dann ist das eben so. Das Leben wäre ein trauriges, wenn es nicht mehr zu bieten hätte als

	das. Aber Ihr werdet Eurer Pflicht, für einen Thronfolger zu sorgen, Genüge getan haben.
Lelana	*(schöpft neue Hoffnung)* Meinst du?
Sophie	Aber ja, mein Kind. *(dreht sich zu Wächter Otto, macht mit ihrem Zeigefinger eine drehende Bewegung)*
Otto	*(geht elegant und schwungvoll um die Bank herum, stellt sich vor die Prinzessin hin, steht stramm)*
Sophie	Prinzessin, darf ich Euch den Wächter Otto vorstellen? Mein Neffe.
Otto	Wenn Königliche Hoheit erlauben... *(nimmt die Hand der Prinzessin, küsst sie zart und blickt ihr feurig ins Gesicht)*
Lelana	*(blickt erstaunt und errötend zu Otto empor)*
Sophie	*(sieht die beiden zufrieden an)* Noch ein einziger Rat von mir, Prinzessin: Begeht nur bloß nicht den Fehler, den künftigen Thronfolger ‚Otto' zu nennen!

Der Goldesel auf Diät

1. Kapitel

In der Stube des Schneiders Albert herrschte eine trübe Stimmung. Die Brüder Georg, Paul und Fritz saßen am Küchentisch und alle drei ließen die Köpfe hängen. Selbst der Esel tat dies, auf seinem Stroh in einem niedrigen Holzverschlag in einer Ecke. Denn Vater Albert ging erregt in der Stube auf und ab und hielt ihnen eine Standpauke. Mit viel „Jesus, Maria und Josef", aber auch „Verdammt noch mal" und „Idiotenpack".

„Seht euch doch mal um", wetterte der Vater jetzt. „Türen und Fenster sind vernagelt, wir kommen nur noch durch den Keller hinaus. Durch einen Gang voller Wühlmäuse, der mitten in der Wildnis endet. Alle unsere Freunde haben wir verloren. Keines eurer Mädchen traut sich mehr ins Haus. Das gesamte Dorf ist ein einziges Tollhaus geworden! Das ist doch kein Leben mehr, verdammt noch mal!"

Georg wagte einen Einwand: „Wer hat denn ahnen können, dass es soweit kommt?"

Albert blieb stehen und neigte sich zu seinem Sohn vor. „Jeder mit einem Funken Menschenverstand!", brüllte er. „Habt ihr denn gar nichts gelernt, als der Wirt eure Sachen gestohlen hat? Aber nein, anstatt euch schön bedeckt zu halten, protzt ihr damit im ganzen Dorf herum!"

Nun stand Paul auf und wies mit dem Finger auf Fritz. „Wer hat denn gesagt ‚Ladet alle Verwandten und Freunde ein'? Hm? Das warst ja wohl du!"

Fritz sprang auf. „Ach, jetzt bin ich schuld! Ohne mich und meinen Knüppel läge euer Zeug noch in der Rumpelkammer eures diebischen Wirts! Das ist nun der Dank!", schrie er zurück.

Vater Albert fuhr jetzt alle beide an: „Aber dass ich gesagt habe, wir tun auf den Festen so, als hättet ihr viel Geld von euren Lehrherren bekommen... das habt ihr wohl alle beide vergessen! Wo Geld im Spiel ist, hört die Freundschaft auf, das weiß man doch. Jesus, Maria und Josef, wie blöd kann man sein?"

„Hör auf, uns blöd zu nennen!", schrie jetzt auch Paul und rückte seinem Vater auf den Pelz. „Wenn du uns nicht weggejagt hättest, weil du einer Ziege mehr geglaubt hast als deinem eigenen Fleisch und Blut, wäre alles anders gekommen!"

Fritz hatte die Nase voll. „Wenn ihr jetzt nicht alle aufhört, sage ich einen Spruch, dann wisst ihr ja, was euch blüht!"

„Vorsicht, Paul", mahnte Georg. Er deutete auf einen Sack, der an einem Haken an der Wand hing. „Du weißt doch, dass er uns in der Hand hat, mit seinem verdammten Knüppel."

Vater Albert wandte sich nun zu Fritz: „Seinem Vater Schläge androhen... Weit ist es mit euch gekommen!"

Paul packte nun seinen Bruder am Hemd. „Irgendwann schmeiß ich das Ding ins Feuer, dann kannst du aber was erleben!"

„Brüder, Vater, ich bitte euch!" Georg hob beschwörend die Hände und hatte in den nächsten Minuten ordentlich zu tun, dass es nicht schon wieder zu einer Rauferei kam.

Danach saß jeder in einer anderen Ecke der Stube. Alle vier bliesen Trübsal und fragten sich, wie sie in eine so missliche Lage kommen konnten.

2. Kapitel

Georg saß auf der Küchenbank und seufzte. Was für eine blöde Sache, in die sie da alle geraten waren. Dabei war das Fest mit den Dorfleuten noch so schön gewesen. Schöner noch als das mit der buckligen Verwandtschaft. Er hatte die blonde Greta eingeladen, für die er immer schon schwärmte. „Setz dich an den Tisch hier. Sieh mal, es ist alles da, was dein Herz nur begehrt."

Gretas Augen wurden groß. Sie rührte keinen Bissen an und sah mit einem seltsamen Blick zu ihm auf. „Rehbraten. Wo man doch im Umkreis von hundert Meilen kein Reh mehr findet, weil der Vogt sie alle in seinen Wald getrieben hat. Schweinesülze, von heute auf morgen, der Metzger liegt momentan mit einem aufgebrochenen Furunkel im Bett. Und frische Pflaumen, jetzt im Frühling?" Greta stand auf. „Das ist mir nicht geheuer, Georg."

Ja, was hätte er denn tun sollen, wenn nicht seinem Herzensmädel die Wahrheit zu sagen? Georg seufzte erneut und legte das Kinn in die Hände.

Paul hockte auf der Holzkiste. Auch er grübelte. Hätte er seinem alten Freund Jakob nicht helfen sollen? Der sich so mit ihm freute, obwohl es ihm selbst alles andere als gut ging?

„Paul, ich freue mich, dass es euch jetzt so gut geht. Bei mir dagegen sieht's schlecht aus. Im Heu war der Schimmel, im Hühnerstall der Marder und das Pferd lahmt. Dabei wollte ich heuer der Resi vorstehen. Tja, die wird sich nun der reiche Andreas holen."

„Jakob, ich kann dir helfen. Hier, nimm den Beutel Gold. Du brauchst ihn mir nicht zurückzugeben, ich hab noch genug."

Sein Freund riss die Augen auf. „Nein, das nehme ich nicht. Ich werd' dich nicht verraten, Paul, aber ich rate dir, das niemandem zu zeigen. Wo immer du das auch her hast; kein Müller im ganzen Land bekommt so viel Gold für seine Arbeit. Mein Gott, du wirst noch im Zuchthaus landen!"

Da musste er doch dem Jakob seinen Goldesel zeigen! Paul atmete schwer und saß da wie ein Häufchen Elend.

Fritz kauerte in der Ecke hinter der Anrichte. Er machte sich die größten Vorwürfe. Er hätte seine Brüder bei dem ersten Fest nicht vor allen Verwandten ihre Schätze zeigen lassen dürfen. Vor allen Leuten hatte er das Tischlein und den Esel demonstriert und großkotzig gesagt: „Bruder, sprich du mit ihm." Kein Wunder, dass die Brüder sich auch bei ihren Freunden nichts dabei dachten, davon zu erzählen. Und großmütig zu schenken. Und diese Freunde hatten wieder Freunde, die ebenfalls bedürftig waren. Fritz schüttelte den Kopf. Warum hatte er das getan? Er ahnte, warum. Er hatte einmal, ein einziges Mal nur ein bisschen Anerkennung gewollt. Für alle drei Brüder.

Wen wunderte es? Fritz senkte den Kopf. Die Mutter war schon lange gestorben, der Vater hatte sie wegen eines verlogenen, boshaften Hörnerviehs weggejagt. Da lechzte man eben nach ein wenig Lob und Bestätigung. Wohl waren ihre Lehrmeister alle zufrieden gewesen mit ihnen, aber die waren halt keine Familie! Doch so verständlich das auch war, Fritz wusste, dass er die größte Schuld an ihrer misslichen Lage trug. Was sollte er jetzt nur tun?

Vater Albert saß auf dem Schemel beim Ofen. Immer wieder raufte er sich die Haare. Wie hatte die Sache nur so ausarten können? Es hatte so wunderbar begonnen, als Fritz mit den echten Schätzen aufgetaucht war. Endlich konnte er auf seine missratenen Söhne einmal stolz sein. Elle, Nadel und Faden hatte er in die Kiste verbannt. Voll des Lobes war die Verwandtschaft, als auch ihre Mägen und ihre Geldsäcke voll waren. Doch am nächsten Tag stand die angeheiratete Nichte der Schwägerin vor der Tür.

„Ich krieg das sechste Kind und bei uns ist Schmalhans der Küchenmeister. Nicht wahr, ihr helft mir?" Natürlich halfen sie.

Tags darauf war es der Sohn des Metzgers, der anklopfte. „Der Vater fällt mit seinem Furunkel mindestens zwei Wochen aus. Gelt, ihr lasst uns nicht im Stich, es tut euch ja nicht weh." Freilich ließen sie ihn nicht im Stich.

Am dritten Tag war's der Andreas, der nun statt der Resi die Nichte des Landvogts freien wollte. Für die selbst er nicht reich genug war. Seither stand jeden Tag ein anderer vor der Türe und bat um Hilfe.

Albert fuhr sich übers Gesicht. Das Dorf war nicht mehr wiederzuerkennen. Alle liefen mit schönen Kleidern herum, alle hatten dicke Wänste bekommen, ein jeder klimperte mit seinem Geldsack. Dreimal war schon eingebrochen worden. Der Esel musste mittlerweile in der Stube hausen und das Haus musste vernagelt werden. Sobald einer von ihnen sich im Dorfe zeigte, wurde er beiseite genommen mit einem: „Du, meiner Tante, meinem Neffen, meinem alten Freund geht es schlecht..." Die Mädchen seiner Söhne blieben plötzlich fern, nachdem sie mit Speis' und Gold versehen worden waren. Sie hatten Angst vor Neidern und Überfällen.

Mit beiden Händen fuhr sich Vater Albert durch die Haare. Wie sollte das nur enden?

3. Kapitel

Die vier Männer saßen noch in ihren Ecken und grübelten, als es an der Tür klopfte.

Albert fuhr hoch. Er flüsterte: „Ihr rührt euch nicht!"

Die vier hielten den Atem an.

Da klopfte es erneut und eine Stimme rief: „Gott zum Gruße, ihr guten Leut'. Ich bin Matthias, der Köhler vom Nachbardorf. Mir ist zu

Ohren gekommen, dass ihr gerne armen Leuten helft. Lausbuben haben meinen Kohlenmeiler verwüstet. Bis ich einen neuen angelegt habe, hat meine Familie nichts zu Beißen und zu Brechen mehr. Helft mir, ihr Gottesleut'!"

Als Georg das vernahm, stand er auf. „Vater, wir müssen ihm helfen", flüsterte er.

„Nein", gab dieser zurück. „Irgendwann müssen wir einmal ‚Nein' sagen. Sonst nimmt das niemals ein Ende!"

„Aber Vater, wie kannst du so grausam sein? Es kostet uns doch nichts", meinte Paul leise und stand ebenfalls auf.

„Es kostet bald unseren Verstand!", rief Albert.

Es klopfte erneut. „Ich hör's mit Erleichterung, dass ihr da seid", sagte der Köhler. „Und ich weiß, dass ihr Gnade vor Recht ergehen lasst und armen Leuten eure Hilfe nicht versagt. Es kostet euch ja nicht mehr als ein Wort zu eurem Esel."

Jetzt konnte Albert nicht mehr an sich halten. „Der Esel hat Verstopfung!", rief er nach draußen. „Er bekommt nur wässrige Kost und kann gerade kein Gold scheißen und speien!"

„So sprecht doch wenigstens mit eurem Gabentischlein und gebt mir ein Stück Brot."

„Der Tisch ist kaputt! Den haben die Holzwürmer erwischt!", rief Albert.

„Aber Vater", bat Fritz und auch er erhob sich. „Bitte, nur noch einmal."

„Das hast du gestern auch schon gesagt", brüllte Albert nun. „Und vorgestern und letzte Woche und die Woche davor!"

„Ich weiß", murmelte Fritz. „Aber trotzdem, er dauert mich."

„Und seine Frau auch", meinte Georg.

„Und die Kinder erst", sagte Paul.

„Nein, nein und nochmals nein!", schrie Albert. Er rannte zu einer Kiste, öffnete sie und entnahm ihr ein großes Beil. „Ich hacke jetzt diesen vermaledeiten Tisch entzwei! Aber als erstes meuchle ich den

Esel nieder!" Mit zwei Sprüngen war er beim Esel angelangt und schwang das Beil.

„Nicht, Vater!" Georg umfing seinen Vater von hinten und zog ihn vom Esel weg. Paul fiel Albert in den Arm und versuchte, ihm die Axt zu entwenden. Doch dieser war wie rasend. Wild schlug der Schneider um sich und traf Georg mit der Axt am Bein, dass dieser aufschrie. Paul trug eine klaffende Wunde am Kopf davon. Entsetzt rief Fritz: „Knüppel aus dem Sack!"

Der Knüppel sprang aus seinem Beutel und drosch auf alle vier Männer ein, die erschrocken aufschrien. Es fehlte dem Stück Holz wohl der Überblick angesichts so vieler Menschen. „Knüppel in den Sack", brüllte Fritz und augenblicklich begab sich der Prügel wieder an seinen Ruheort. Nach dem Gemetzel und Gelärm herrschte plötzlich eine gespenstische Ruhe in der Stube.

4. Kapitel

Schwer atmend standen die vier Männer da. In der Stube sah es aus, als hätte ein wildes Tier dort gewütet. Alles Geschirr war zerschlagen, überall troff Blut. Paul und Georg klagten vor Schmerzen, Albert und Fritz stöhnten um ihre zerschlagenen Glieder. Der Esel schrie erbärmlich in diesem Durcheinander. Von draußen hörte man den Köhler:

„Ich bin ungünstig erschienen, verzeiht es mir. Ich werde morgen wieder kommen. Dann bekommen meine Kinder heute halt noch einmal Wassersuppe."

Die Männer sahen sich an.

„Wie weit ist es mit uns gekommen", murmelte Fritz. Er ging zum Schrank, holte frische Tücher heraus und zerriss sie in Streifen. Albert, der ganz still geworden war, half ihm, die beiden anderen zu verbinden. Dann reinigten sie die Stube und setzten sich an den Tisch.

Albert atmete immer noch schwer. „So", sagte er. „Das soll uns eine Lehre gewesen sein. Wir werden umsiedeln. Hundert Meilen weg. Mindestens! Heute noch. In der Nacht, wo uns niemand sieht."

„Aber Vater, wir sind verletzt", sagte Paul.

„Egal, und wenn ich dich tragen muss", antwortete Albert grimmig.

„Und was ist mit dem armen Köhler?", fragte Fritz.

„Den überlassen wir der Gnade Gottes." Albert war unerbittlich.

Und so tauchten des Nachts hinter einem Buschwerk auf einer verwilderten Wiese plötzlich vier schwer bepackte Männer und ein Esel auf. Nur einer hatte eine kleine Fackel in der Hand, deshalb stolperten die vier mehr, als sie gingen. Plötzlich tauchten aus der Dunkelheit zwei glühende Augen auf. Die Männer blieben stehen. Zu den Augen gesellte sich ein tierisches Geräusch. Als Fritz es vernahm, begann er, unbändig zu lachen

„Bist du jetzt toll geworden?", flüsterte Paul.

„Wisst ihr nicht, wer das ist?", lachte Fritz, sich den Bauch haltend. „Das ist unsere alte Ziege, die du weggejagt hast, Vater!"

Albert erstarrte. „Georg", sagte er heiser, „hol mir das Beil heraus!"

Die Sterntaler, die nicht reich machten

Es war mal 'ne von Gott und Welt verlass'ne, kleine Maid,
die gab dahin, was sie besaß, Brot, Röcklein, Mütz' und Kleid.

Da stand sie nun, des Nachts im Wald, alleine und ganz nackig,
denn Unterhosen gab's noch nicht, die Kälte, die war knackig.

Die Mär besagt, es fiel'n herab die Sterne allesämtchen
dem Kind, das plötzlich wieder hat ein seidenfeines Hemdchen,

hinein ins selbe, wunderweis' als harte, blanke Taler.
Der Mond musst' scheinen nun allein, vor Schreck wurd' er gleich fahler.

's heißt weiter, dass sie lebte nun stinkreich und ohne Sorgen.
Doch glaubt das wer, dass sie es schafft', nie mehr was herzuborgen?

Wie war das wohl? Ich denk', sie ging hinein ins nächste Städtchen,
ein jeder konnte sie so seh'n, das seid'ne, reiche Mädchen.

Selbst, wenn das Dorf ein ehrlich's war, wo man einander traute,
'nen Schurken gab es da bestimmt, der ihr die Taler klaute!

So kann das nicht gewesen sein... sie hat den Schatz vergraben,
damit nicht ständig wieder wer was möchte von ihr haben.

Dann wuchs sie auf als Waisenkind, bestimmt war's karg und schwer,
war dieses Leben für die Maid, die gute, eine Lehr'?

Dass erst man für sich selber sorgt, bevor man and'ren gibt?
Dieweil man sonst den ganzen Tag 'nen Einkaufswagen schiebt,

hin durch die Stadt, all Gut darin, und bettelt Tag für Tag;
das Leben nichts als Elend dann, 'ne täglich' Müh und Plag!

Doch wer so ein fein' Seelchen hat, der weiß, wovon ich spreche,
der weint, von ander'n Sorgen hörend, stellvertretend Bäche.

Und gibt, trotz bess'ren Wissens weiter, bis er nichts mehr hat,
man selber hungert, wichtig ist, die ander'n werden satt!

Man kann nicht raus aus seiner Haut, meist liegt es an den Drüsen,
heutzutage gibt's dafür die Psychoanalysen.

Da forstet man die Kindheit durch und kittet alte Scherben,
versucht, das weiche Seelchen auf ein wenig derb zu gerben,

und UM sich, von dem „Ja!" zum „Nein!", mühsam zu programmieren.
Heut ist's auch üblich, zarte Seel'n mit Pillen zu dragieren.
.
Doch früher, als die Mär geboren, zu des Mädchens Zeit,
da war man mit dem Innenleben lang noch nicht soweit.

Nicht mal 'nen Namen ham die Grimms dem armen Kind gegeben;
ich mag's nicht glauben, kann's auch nicht, an spät'res, gutes Leben!

Der Andersen war ehrlicher mit einer seiner Mär:
Das Mädchen mit den Schwefelhölzern hatt' es auch sehr schwer.

Sie fror und hungert' und war wahrlich and'res doch als reich,
sie hatt' noch einen schönen Traum und starb allsdann sogleich.

Neues vom Schnüffler:

Eisenhans in der falschen Haut

Heidi, heida, daaa ist wieder einmal Brad Buttermaker, Ihr Schnüffler vom Dienst, hahaha! Heute geht es um eine ganz besondere Story. Hab lange gezaudert, ob ich sie hier unter die Leute bringen soll. Erstens stammt sie nicht von mir, sondern ist meinem Großvater passiert. Zweitens geht's um ein Thema, das für die meisten Leute zu den böhmischen Dörfern gehört, weil sie kaum damit zu tun haben. Außerdem ist sie ein bisschen ernster, als man das von mir gewohnt ist. Liegt mir eigentlich nicht, ich flachse lieber ein bisschen herum; sie wissen das ja schon, hahaha. Aber meine Frau sagte: „Tu's." Und echt, meinem Schokohasen Aluna kann ich einfach nichts abschlagen. Besonders, wenn sie mir dabei ihren Kirschkuchen mit Mandelbaiser oben drauf vorsetzt. Für den würde ich beinahe morden! Sorry. Deswegen also doch hier die etwas andere Geschichte, nämlich die vom Eisenhans:

Mein Großvater stammte aus Ohio, war aber nach der Besetzung hier geblieben. Weil er sich in meine bildschöne Großmutter verguckt hatte, hahaha. Er war eigentlich Reporter. Aber nach dem Krieg hat's ein wenig gedauert, bis es wieder ein ordentliches Zeitungswesen gab. Deshalb hat er damals nach verschollenen Leuten gesucht, besonders nach Verwandten von gut Betuchten. Hat ihn über Wasser gehalten, bis er wieder für irgendein Käseblatt geschrieben hat. Er war wie ich und mein Bruder, eine neugierige Schnodderschnauze. Mein Vater war übrigens ganz anders. Vertreter für Staubsauger von Vorwerk. Na ja, manche Gene überspringen halt eine Generation.

Mein Großvater wartete mit der Eisenhans-Sache auf, als ich so mit fünfzehn nach 'ner Rauferei mal mit blutiger Nase und aufgeplatzter Lippe zuhause auftauchte. Als ich endlich damit rausrückte, worum es in der Keilerei gegangen war, da zog er mich in sein Holzhäuschen, das unten im Garten stand. Hatte er sich mal gebaut, war nicht viel mehr als 'ne Bretterbude. Hockte dort oft alleine drin, wie ein Mönch in seiner Klause und schmokte seine Pfeife, dass der Rauch aus allen Ritzen quoll. Wir mussten mehr als einmal die Nachbarn davon abhalten, die Feuerwehr zu rufen, so qualmte es von da drinnen heraus.

Erst habe ich meinem Großvater gar nicht richtig zugehört; mir tränten die Augen und ich hustete mir die Lunge aus dem Leib.

„Junge", fing er an, „du kennst doch bestimmt die Geschichte vom Eisenhans."

„Haben wir mal in der Schule gelesen", krächzte ich.

Ungerührt von meiner Husterei qualmte mein Großvater nachdenklich Kringel in die Luft. „Ich war dabei", sagte er schließlich. „Ich war der einzige, der seinen Aufenthalt nach der ganzen Sache kannte. Weißt du noch, worum es dabei ging?"

„Opa, wie kann ich nachdenken, wenn es hier in deiner Bude kein einziges Molekül Sauerstoff mehr gibt", keuchte ich.

„Jugend heutzutage", knurrte er daraufhin. „Hält nix mehr aus, damned." Aber er öffnete gnädigerweise ein Fenster, aus dem der Rauch dann in dicken Schwaden hinauszog. Gott sei Dank war es erst früher Nachmittag, die Nachbarn waren alle noch auf der Arbeit.

„Also weißt du nun, wie die Geschichte ging oder nicht, boy?", blaffte der alte Herr mich an.

Ich überlegte. „Der Eisenhans hat auf dem Grund eines Sees gehaust", fiel mir ein. „Wie auch immer das geht. Er war braun wie verrostetes Eisen und ein wilder Kerl."

„Tz", machte mein Großvater, als hätte ich etwas Falsches gesagt. Aber sonst kam nichts, deshalb strengte ich meinen Denkkasten an und sprach weiter. „Er zog massenweise Jäger hinunter in seinen See. Irgendwann haben sie ihn mal gefunden und eingesperrt. Ein Junge hat ihn dann wieder befreit. Der hat dann bei ihm gelebt und auf seinen goldenen Brunnen aufgepasst. In den hat er dreimal was reinfallen lassen, sogar sein Haar, das dann golden geworden ist. Daraufhin musste er gehen. Aber der Eisenhans hat ihm trotzdem immer mal unter die Arme gegriffen, bis der Jungspund 'ne Prinzessin geheiratet hat. Auf der Hochzeit kam der Eisenhans dann als stolzer König an. Er brabbelte was davon, dass er verzaubert war und jetzt erlöst ist. Das war's." Ich war ganz stolz darauf, dass ich mich an diese Geschichte überhaupt noch erinnerte. Irgendwie hatte sie für mich so gar keine Hand und keinen Fuß.

„Yea, right." Großvater qualmte nachdenklich. „Was glaubst du, sollen wir aus der Geschichte mitnehmen?"

„Mann, Opa, ich komm mir vor wie in der Schule!", beschwerte ich mich. „Au!" Er hatte mir mit seinen Fingerknöcheln auf die Rübe gepocht.

„Das hier ist besser als Schule", knurrte er.

Also überlegte ich. „Na, der Junge hat später 'ne Menge guter Taten vollbracht, aber sie erstmal verschwiegen. Wahrscheinlich war das eine Art Prüfung für ihn, weil er vorher so viel Mist gebaut hat. Erstmal hat er ja den Eisenhans frei gelassen, verbotenerweise. Bei dem hat er ja dann was in den goldenen Brunnen fallen lassen und hat das nicht mal zugegeben." Mehr fiel mir nicht ein. Ich hatte diese Geschichte schon immer irgendwie unlogisch gefunden.

„Yes", sagte aber jetzt mein Großvater wieder. „Das hast du gut erkannt. Aber das ist das Offensichtliche. Jetzt streng mal dein Oberstübchen an. Erstens: Wieso heißt die Geschichte *Der Eisenhans* und nicht *Der goldhaarige Junge*? Wenn es darin mehr um den jungen Burschen geht als um den eisernen? Zweitens: Wieso wurde vom Eisenhans immer als dem ‚wilden Kerl' gesprochen, auch dann noch, als er so nett zu dem Jüngelchen war?" Opa paffte ein paarmal schnell hintereinander kleine Qualmwölkchen. „Und jetzt die Preisfrage: Wie konnte der Junge den Eisenhans erlösen? Er hat ja gar nichts für ihn getan, es war ja wohl ziemlich umgekehrt."

Mir schwirrte der Kopf. Und das nicht nur von Opas Pfeifenqualm. „Mann, Opa, ich hab keinen blassen Schimmer. Was soll das Ganze überhaupt?" Ich merkte, dass ich ungeduldig wurde.

„Mal langsam mit den jungen Pferden. Wirst schon noch durch den Nebel hindurchblicken. Durch den in deinem Kopf, meine ich", grinste mein Großvater. „Also, solche Geschichten werden ja immer aufgeschrieben, weil die Leute etwas daraus lernen sollen. Bei Rotkäppchen zum Beispiel ist es, dass ein Mädchen nicht vom Weg abgehen soll, vom rechten. Bei Frau Holle, dass ein Mädel fleißig seine Hausarbeit machen soll."

Opa blickte mich jetzt von unten herauf an und zog mit seinem Finger am Auge. „Ziemlich durchsichtig und plump, für die heutige Denke. Alte Hüte, auch vom Thema her." Er holte jetzt tief Luft und hustete selbst. „Aber es gab auch Dinge, die man ein bisschen besser verpacken musste, sodass man sie nicht sofort erkannte. Weil sie zu heikel waren, zum Beispiel, wenn's um Sex ging."

Ich prustete und kicherte. „Nee, oder?"

„Yea", grinste mein Großvater. „Und um sowas ging es auch beim Eisenhans. Aber damit du das verstehst, müssen wir uns ein bisschen über die Symbolsprache unterhalten."

„Ach, nein, Opa." Es reichte mir langsam. „Sag mir doch einfach, was da Sache war!"

„Nun mal langsam, Jüngelchen." Großvater war die Ruhe selbst.

Ich seufzte.

„Wofür steht zum Beispiel das Herz?"

„Mann, für Liebe, das weiß doch jedes Baby", murrte ich ungeduldig.

„Und eine weiße Taube?", fragte er unbeirrt weiter.

„Für Frieden." Ich begann, mit den Füßen zu wippen. Worauf wollte der Graukopf nur hinaus?

„Und schwarze Kleider?"

„Für Trauer. Und das hier steht für Langeweile." Ich lümmelte mich auf meinen Hocker und gähnte demonstrativ.

Großvater verzog keine Miene. „Und, mein Junge, wie ist wohl einer drauf gewesen, wenn man ihm eine Eisenhaut verpasst hat und ihn auf den Boden eines Sees verbannt?"

„Hm." Ich überlegte. „Na, Eisen ist hart. Wenn man das als Haut hat, dann spürt man nichts mehr", sagte ich dann.

„Very good, boy. Der Grund des Sees, das verrate ich dir, steht für tiefe Gefühle."

Jetzt fand ich die Sache langsam wieder interessant. „Also hat er tiefe Gefühle gehabt, die nicht sein durften." Es fiel mir auf, dass es beim Eisenhans immer um Männer und Jungs ging. „War er vielleicht schwul?"

„Nein, nicht wirklich", antwortete mein Großvater. „Man vermutet es, weil er immer Jäger in den See hinunter gezogen hat und dann zu dem Jungen so nett war." Nun warf er mir einen beredten Blick zu. „Aber dann wäre er wahrscheinlich in ein Tier verzaubert worden. Vielleicht in eins, das gleichgeschlechtlichen Verkehr hat."

„Mann, Opa, jetzt bindest du mir aber 'nen Bären auf", beschwerte ich mich.

„No", sagte mein Großvater trocken. „Das gibt's öfter, als man denkt. Zum Beispiel bei den Schafböcken. Oder bei den Eidechsen. Bei den Enten auch."

„Echt jetzt?" Ich kicherte wieder.

„Kannst es gerne nachprüfen, wenn du mir nicht glaubst. Aber was war jetzt mit dem Eisenhans: Man hat ihn nicht in ein Tier verwandelt, sondern ihm eine andere Haut verpasst."

Opa machte eine Pause und blickte mich erwartungsvoll an. Mir fiel aber nichts dazu ein. Also half er mir weiter:

„Eine Haut, in der er nichts mehr fühlen konnte. Weil er in seiner eigenen Haut nicht richtig war. Weil er darin Dinge fühlte, die nicht sein durften."

Ich brauchte einen Moment, dann glaubte ich, zu kapieren. Ich machte mich auf meinem Hocker gerade und rief aus: „Er war 'ne Transe?!"

„Yeah, jetzt hast du's", sagte mein Großvater zufrieden und zog tief an seiner Pfeife. „Die gab's nämlich früher auch schon. Und jetzt zur Preisfrage: Wodurch wurde er erlöst?"

Ich war jetzt hochkonzentriert. Ich wollte unbedingt selber darauf kommen. „Na, erst mal hat er ja viele Männer quasi verschlungen. Aber dem Bub hat er nichts getan, er hat ihm sogar immer geholfen und ihm auch noch seine Schätze geschenkt. Also hat er sein Innenleben irgendwie in den Griff gekriegt."

Großvater nickte anerkennend. Er stand auf und ging in der kleinen Bude hin und her. Ich musste meine Quadratlatschen unter den Hocker ziehen, sonst wäre er mir mit seinen eigenen drauf getreten.

„Genau so war's. Er hat sich dann tief in den Wald zurückgezogen und da den Rest seines Lebens verbracht. Was blieb ihm auch anderes übrig. Verständnis für so jemanden wie ihn gab es damals einfach noch nicht. Und OPs in der Richtung schon gleich gar nicht. Er, oder besser gesagt, sie, hat dann Schmuck hergestellt. Aus Naturmaterial. Aus getrockneten Beeren, Zapfen, Schalen, Holzstückchen und so Sachen. Ich hab die Teile zum Verkaufen weitergegeben und ihr hin und wieder mal was Neues zum Anziehen gebracht. Hübsche Kleider, die sie ja tragen konnte, da tief im Wald . Oder auch Briefe von einer in ihrer Familie, die zu ihr stand." Großvater blieb jetzt stehen. „Jetzt weißt du, was es wirklich auf sich hatte mit dem ‚wilden Kerl' Eisenhans."

Boah, was für eine Geschichte. Ich war erst einmal sprachlos.

Großvater trat jetzt auf mich zu und legte seine schweren Pratzen auf meine Schultern. „Und weil diese Welt so bunte Vögel hat, und das für meinen Geschmack auch so bleiben soll, hab ich mich heute total über dich gefreut. Nämlich, dass du deinen Kameraden mit deinem Blut verteidigt hast, als er geschminkt in der Schule aufgetaucht war und verhänselt worden ist."

‚Mit meinem Blut'! Ich kicherte. Nun wusste ich auch, von wem ich meine Neigung zur Melodramatik geerbt hatte.

Großvater untersuchte jetzt fachmännisch meine geschwollene Lippe. „Meine Hochachtung, Brad!"

Wow. Sonst nannte mich der alte Kauz immer ‚Junge'. Oder ‚Bub' oder ‚Boy'. Es war das erste Mal, dass er mich bei meinem Namen nannte. Wir gingen wieder ins Haus. Großvater holte aus dem Kühlschrank ein Eis-Pad heraus, wickelte es um ein Küchentuch und drückte es vorsichtig an meine Lippe. Fühlte sich fast an wie beim letzten Geburtstag, als er mir 'ne selbstgeschnitzte Pfeife auf den Küchentisch gelegt hatte.

So, nun ist sie heraus, die Geschichte, mit der ich so schwer schwanger gegangen war. War diesmal nicht so spritzig wie sonst, aber vielleicht kann doch der ein oder andere etwas mit ihr anfangen.

Übrigens, die Pfeife von meinem Großvater gibt's noch, aber ich rauche sie heute nicht mehr. Ich will doch nicht die jungen Lungen und die schöne Haut meiner zwei karamellfarbenen Zwillinge vollqualmen. Und die von meiner Schokoperle Aluna auch nicht.

Rumpelstilzchen, nicht jugendfrei

1. Kapitel

Valeria, die junge Königin ging in ihrem Boudoir vor Erregung auf und ab, während Alma seelenruhig ihren Nachmittagskaffee trank. „Mutter, wie könnt Ihr nur so ruhig dasitzen, während hier mein Leben auf dem Spiel steht?"

Mutter Alma nahm sich ein Törtchen mit rosa Zuckerglasur und einer Pistazie obenauf und biss genießerisch eine Ecke davon ab. Sie genoss auch das ‚Ihr' von Valeria, das der König befohlen hatte, seit sie Königinmutter war. Wenn sie es insgeheim auch albern fand. „Du übertreibst", sagte sie, nachdem sie die Gaumenfreude mit einem Schluck Kaffee hinuntergespült hatte. „Was soll dir denn passieren?"

„Bitte?" Valeria blieb stehen. „Ich wäre nicht die erste Ehefrau, die ein König köpft, weil es nicht so läuft, wie es ihm passt! Habt Ihr vergessen, was er bei unserer ersten Begegnung gesagt hat? Da unten in dem kalten, dunklen Loch voller Stroh und Mäuse? ‚Wenn du es nicht schaffst, wirst du morgen sterben!'"

Alma legte ihr Törtchen hin. Sie hatte es nicht vergessen, nur verdrängt. Dieses neue, reiche Leben war einfach zu schön. „Das wird er doch nicht tun", sagte sie. „Immerhin hast du ihm Kinder geboren."

Ein freudloses Lachen entfuhr Valeria. „Ja, zwei Mädchen. Nur. Wenn wenigstens ein Thronfolger dabei gewesen wäre. Mutter, ich habe jeden verdammten Tag Angst um mein Leben hier in diesem goldenen Käfig!"

Alma seufzte. „Ich glaube, dein Mann wird weiterhin nur Mädchen zeugen. Aber das wird er dir vorwerfen! Es wird sicher noch Jahrhunderte dauern, bis die Männer verstehen wollen, was wir Frauen schon längst wissen. Nämlich, dass das Kindsgeschlecht hauptsächlich an ihnen liegt."

Valeria nahm ihre Wanderung wieder auf. „Euer Gerede ist nicht gerade dazu angetan, mich zu trösten, Mutter. Geschweige denn, mir zu helfen."

Alma zog die Augenbrauen zusammen. „Wie sprichst du denn mit deiner Mutter?"

Ohne sich umzudrehen, antwortete Valeria: „Wer hat denn den Finger so eifrig gehoben und mir die Misere hier eingebrockt?" Sie äffte: „Herr König, Herr König, ich habe eine Tochter, die Stroh zu Gold spinnen kann!"

„Dein Vater, nicht ich." Alma stand auf, ging zu ihrer Tochter und nahm sie von hinten in den Arm. „Mein Kind, du weißt, dass ich dir immer helfe, wenn ich irgendwie kann."

„Ich weiß." Valeria drehte sich um. „Wenn Ihr nicht gewesen wärt, hätte ich nicht gewusst, wohin mit den zwei halben Rumpelstilzchen."

„Eine Mutter findet immer Wege", lächelte Alma. „Aber zäh war er, das weiß ich noch. Dein Vater hat sich fast die Zähne an ihm ausgebissen."

Valeria schüttelte sich vor Grauen. Dann aber sagte sie: „Wäre ihm nur Recht geschehen. Nach dem, was er mir angetan hat. Lieber hätte ich mein Leben lang als Müllerin gearbeitet, als jetzt tagtäglich um mein Leben zu fürchten! Wie soll das denn nur weitergehen, Mutter?" Die junge Königin verschränkte die Arme und nahm ihre Wanderung im Zimmer wieder auf. „Ich erzähle Euch, was zum Beispiel gestern erst geschehen ist..."

2. Kapitel

König Ludowig nahm seine Frau an der Türe in den Arm. „Wenn ich von der Jagd zurückkomme, tut Ihr es endlich, meine Liebe, nicht wahr?"

Valerias Hände wurden eiskalt. „Heute nicht, mein König, verzeiht es mir. Mir ist so gar nicht danach."

Der König ließ sie los. Sein Blick wurde kalt. „Euch ist nie danach. Immer habt Ihr eine andere Ausrede. Mal sind es Kopfschmerzen, mal monatliche Beschwerden, mal seid Ihr zu müde. Mal ist es zu feucht, dann wieder zu warm oder zu kalt. Ich bin Eure Ausreden leid." Er öffnete die Tür, versah seine Frau noch einmal mit einem bösen Blick und schlug die Tür von außen zu.

Eine kalte Hand griff nach Valerias Herz. Die junge Königin langte nach ihrem warmen Umhang und eilte den Keller hinunter. Es war kalt in der Kammer, in der das Stroh lag.

Valeria setzte sich an das Spinnrad, ergriff eine Handvoll Stroh und begann, es zu spinnen. „Schnurr, schnurr, schnurr", sprach sie dabei. Immer wieder: „Schnurr, schnurr, schnurr." Sie war bestrebt, haargenau alles zu tun, was vor zwei Jahren auch das vermaledeite Männchen getan hatte. Doch so oft sie es auch versuchte, wie sehr sie sich auch bemühte, das Stroh blieb Stroh und wollte partout kein Gold werden.

Nun spulte Valeria ihre anderen Bemühungen ab. So wie sie es immer tat, heimlich, seit fast zwei Jahren schon. Doch all ihre Maßnahmen blieben fruchtlos. Wie immer.

3. Kapitel

„Mein armes Kind." Alma schüttelte den Kopf. „Was treibst du denn da unten nur?"

Valeria setzte sich nun und schenkte sich Kaffee ein. „Ich probiere alles aus, was mir in den Sinn kommt. Ich schluchze und weine mir die Seele aus dem Leib. Ich werfe mich zu Boden, ich raufe mir die Haare. Dann habe ich immer etwas Schmuck dabei. In der Hoffnung, dass doch einmal irgendein Gnom oder Zwerg auftaucht."

„Aber Kind", Alma setzte sich ebenfalls wieder, „das Ding ist doch tot. Die Sache ist gegessen, im wahrsten Sinne des Wortes."

„Na und?" Valeria gab drei Stücke Zucker in ihren Kaffee und reichlich Sahne. Sie brauchte jetzt etwas Tröstliches. „Wo es einen gibt, wird es ja wohl noch einen zweiten geben. Einen Bruder vielleicht!"

Alma griff wieder nach ihrem Gebäck. Nachdenklich sagte sie: „Sieh mal, du treibst das jetzt schon fast zwei Jahre lang. Wenn es da noch jemanden gäbe, glaubst du nicht, der wäre schon erschienen?"

„Ach, Mutter!" Die junge Königin schluchzte auf. „Was soll ich denn sonst tun? Ich weiß mir nicht zu helfen."

Alma legte ihre Hände in den Schoß und überlegte. „Nun erzähle mir erst einmal, wie du den König immer wieder vertröstest."

Valeria warf ihrer Mutter einen Blick zu. „Na, wie wohl. Mit den Waffen einer Frau eben. Kommt, ich zeige Euch etwas." Sie erhob sich, zog Alma mit zu einem Wandschrank und öffnete ihn. „Hier könnt Ihr sehen, was ich mir schon alles ausgedacht habe." Sie zog eine Kiste heraus. „Das hier war das erste, es ist mein altes Müllerkleid. Die hohen Herrschaften haben ja ganz gerne mal ein Mädchen niederen Standes in ihrem Arm." Valeria kramte in einem Korb. „Dies hier habe ich aus dem Orient kommen lassen. Zusammen mit ein paar Trötenspielern, die ich seitdem hier einquartiert habe und durchfüttere." Aus der nächsten Kiste klapperte es, als die Königin sie hervorzog. „Oh, und das ist das Beste. Eine Art Rüstung, mit einem Gürtel, an dem ein Schloss befestigt ist. Den Schlüssel verstecke ich immer und er muss ihn suchen, während ich ihn umgarne. Hat mir das erste Mal fast zwei Wochen Aufschub verschafft."

Mit großen Augen betrachtete Alma, was ihre Tochter ihr da präsentierte. Der Wandschrank barst beinahe von Kisten, Körben und Säcken. „Kind, das ist doch alles keine Dauerlösung. Dein Mann ist fast doppelt so alt wie du. Es ist nur eine Frage der Zeit, bis deine Bemühungen keine standhafte Frucht mehr zeigen."

„Ich weiß." Valeria knallte die Schranktüren wieder zu. „Aber was soll ich denn nur tun?" Die junge Königin schüttelte Alma. „Mutter, ich habe Angst! Jeden gottverdammten Tag!"

Alma senkte den Blick. Dann sagte sie: „Komm, lass uns jetzt unseren Kaffee trinken. Ich werde mir etwas einfallen lassen."

4. Kapitel

Valeria fieberte auf den Tag hin, an dem ihre Mutter sie wieder besuchen würde. In der Zwischenzeit beglückte sie den König, indem sie an ihrem Körper kleine, süße Leckereien versteckte, die ihr Gemahl dann suchen musste und verspeisen durfte.

Nach einer Woche war es endlich soweit. In einem Korb, verborgen unter einer Decke, trug die Mutter herbei, was zur Rettung der jungen Königin dienen sollte. Im Boudoir von Valeria breitete Mutter Alma seltsam anmutende Dinge auf dem Tisch aus. Die Königin machte große Augen. Sie hatte ja mittlerweile einige Erfahrung im Erfinden von Liebesspielen, doch dieses hier war wirklich von außergewöhnlicher Art.

Mit flüsternder Stimme erklärte Alma, wie die Dinge zu handhaben und welche Worte dabei zu sprechen wären.

Die junge Königin schüttelte zweifelnd den Kopf. „Mutter, diese Sache ist mir alles andere als geheuer."

Alma nahm die Hand ihrer Tochter. „Es ist sehr wichtig, dass du diese Dinge mit einer... sagen wir einmal ‚inneren Bereitschaft' tust. Am besten sogar mit Lust und Freude. Nur so entfalten sie ihr wirkliches Potential. Andernfalls könnte sie der König ablehnen, angesichts ihrer Seltsamkeit."

Valeria seufzte. Sie nahm eine kleine Glaskugel mit gewölbtem Rand in die Hand und betrachtete sie. „Mutter, sagt es mir ehrlich: Bin ich eine schlechte Frau, weil ich diese Dinge tue? Bin ich ein schlechter Mensch?"

Ein kleines Lächeln erschien auf Almas Gesicht. „Mein Kind, stell dir einmal vor, du wärst mit Hans, dem Burschen deines Vaters verheiratet. Er liebte dich, zeugte dir einen Sohn nach dem anderen, wie er es bei seiner Frau Rita tut, und er wäre gut zu dir. Würdest du dann auch solche Dinge mit ihm treiben?"

„Nein." Valeria senkte den Kopf. „Ich wäre froh und glücklich, würde ihn zärtlich lieben und gerne alle Arbeit verrichten."

„Siehst du?" Alma streichelte die Hand ihrer Tochter. „Besondere Umstände erfordern besondere Maßnahmen." Die Mutter tätschelte nun Valerias Hand. „Mach dich mit den Gegenständen vertraut, übe deine Worte und arbeite an deiner Bereitschaft. Wenn du das schaffst, werden sich die Dinge zum Guten wenden." Alma nahm nun einen kleinen, ovalen Gegenstand auf. Er war aus glattem, glänzendem Porzellan und erinnerte mit seiner Spalte an eine Krebsmuschel. Alma drückte ihn ihrer Tochter in die Hand. „Das hier ist zum Üben. Das andere lasse ich dir zukommen, wenn es soweit ist. Denke daran, mich rechtzeitig zu informieren, bevor du zur Anwendung schreitest!"

Valeria blickte erst den Gegenstand an und dann ihre Mutter. Dann sagte sie: „Was bleibt mir denn anderes übrig. Ich werde es versuchen."

5. Kapitel

König Ludwig brummte vor Wohlbehagen. Die Königin hatte mit einem neuen Liebesspiel aufgewartet. Sie hatte es eine ganze Woche vorbereitet und nannte es ‚Der Bader kommt'. Zunächst war er in einer dampfenden Wanne mit wohlriechenden Essenzen gelegen. Danach hatte ihn sein Weib mit einem weichen, angewärmten Tuch getrocknet. Nun lag er auf dem Bett und betrachtete voller Spannung die verschiedenen Geräte, die sie auf dem Nachttisch ausgebreitet hatte. Zusammen mit Rosenöl und fruchtigem Pfirsichblütenwasser.

„Ich war eine gelehrige Schülerin beim Bader", sagte die Königin weich. „Und werde Euch heute in allergrößte Verzückung versetzen. Wir beginnen am besten mit einem sanften Schröpfen." Sie tunkte die Schröpfgläser in das Pfirsichwasser, hielt sie dann über die Flamme der Kerze und platzierte sie auf der Brust ihres Gemahls.

Der König verspürte ein warmes, angenehmes Kribbeln an diesen Stellen.

„Gleichzeitig werde ich Euch eine wohltuende Massage verabreichen." Valeria tauchte ihre Hände in das Rosenöl und begann, sie auf dem Körper des Königs kreisen zu lassen. Sie lächelte, als ihr Gemahl wohlige Töne von sich gab. Dann nahm sie etwas vom Nachttisch auf. „Dies Messer hier ist für den Aderlass. Wir werden so tun, als benutzte ich es." Sie strich mit dem Utensil sanft an den Adern des Königs entlang. Dann drückte sie es mit der unscharfen Seite fest in seine Haut. Sie griff nach einem Gefäß mit angewärmtem Schweineblut, ließ die zähe Flüssigkeit am Arm ihres Gemahls herablaufen und fing sie mit einer Schüssel wieder auf. „Das wird Euch von verdorbenen Säften reinigen", flüsterte sie ihm ins Ohr.

Ludwig atmete scharf ein. Das musste man seiner Königin lassen; sie verstand es, Wohlgefühle durch eine kleine Angst zu steigern.

Valeria reinigte nun den König wieder mit einem zarten Schwamm. Dann nahm sie eine Art Zange in die Hand. „Damit zieht

Euch jetzt der Bader Euren schlechten Zahn", flüsterte sie. „Nun öffnet brav Euren Mund." Zärtlich strich sie mit der Zange über des Königs Lippen.

Die Lust des Königs stieg an, als er so da lag, seinem Weibe derart ausgeliefert. Ein angenehmer, prickelnder Ausgleich zu seiner sonstigen Allmacht. So konnte es gerne weitergehen.

Die junge Königin legte die Zange ab und griff nach einem weiteren Gegenstand. „Mein Gemahl", hub sie an, „nun kann ich euch leider etwas sehr Intimes nicht ersparen. Ihr wart unartig und habt letzte Woche bei unseren Liebesspielen zu viel Süßes zu Euch genommen. Ein Klistier muss dies nun wieder gut machen." Noch ehe der König protestieren konnte, führte Valeria das Gerät an den dafür vorgesehen Ort. Als ihr Gemahl aufstöhnte, sagte sie sanft: „Um Euch diese unangenehme Sache zu erleichtern, werde ich noch eine andere Maßnahme ergreifen." Sie ergriff mit ihrer freien Hand das kleinste Schröpfglas, das sie im Beisein ihrer Mutter so verwundert betrachtet hatte, tauchte es in die Flamme und setzte es behutsam auf die Männlichkeit ihres Gemahls. Als der Körper des Königs sich aufbäumte und er vor Lust aufschrie, sagte Valeria: „Für diese Lust für Euch habe ich Einiges auf mich genommen, mein König. Der Bader stellte bei mir ein Ungleichgewicht meiner Körpersäfte fest. Dieses sorgte dafür, dass ich Euch nur Mädchen gebar." Die junge Königin vergaß nicht, was die Mutter ihr eingeschärft hatte. Während sie sprach, hantierten ihre Hände fleißig weiter. „Er ließ mich zur Ader und traktierte mich mit widerwärtigen Tränken und scheußlichen Tinkturen. Dadurch minderte er meine männliche, goldene Seite und stärkte dafür meine weibliche, silberne. Mein unwillkürliches Sträuben ob Eures berechtigten, täglichen Ansinnens der Goldspinnerei war wohl weiblicher Instinkt gewesen." Valeria bewegte ihre Hände nun noch flinker. „Ich werde euch kein Gold mehr spinnen können, diese Kraft ist nun da, wo sie bei einem Weibe hingehört. Dafür werde ich nun in der Lage sein, Euch einen prächtigen Sohn zu gebären.

Und ich kann Euch in noch berauschenderem Maße mit weiblichen Genüssen beglücken." Die junge Königin setzte jetzt all ihre Kräfte ein, die Wonnen ihres Königs noch zu steigern. Und als sich die Lust ihres Gemahls zur Ekstase steigerte, griff Valeria nach der Porzellanmuschel. Dann tat sie das Letzte, das die Mutter ihr aufgetragen hatte.

Bis zur Ohnmacht erschöpft lagen nun der König und seine Gemahlin auf ihren seidenen Betten.

6. Kapitel

Der Spaziergang in den königlichen Anlagen tat gut. Tief atmete die junge Königin die würzige Luft ein. Sie hatte das Gefühl, sich auf diese Weise reinigen zu müssen von den Geschehnissen der letzten Nacht. Doch es gab noch ein Letztes zu tun. Außer zu hoffen, dass die Maßnahmen ihres Spiels die gewünschte Frucht aufgehen ließen. Valeria griff in ihre Rocktasche. Ohne ihre Mutter anzusehen, hielt sie ihr ein Päckchen entgegen, das in weiches Tuchzeug eingeschlagen war.

Alma schritt an Valerias Seite. Verstohlen streckte sie die Hand aus und nahm von ihrer Tochter die beiden Muscheln entgegen. „Mein Kind...", hub sie an, doch Valeria unterbrach sie.

„Mutter, lasst es. Ich möchte über diese Nacht nicht sprechen. Niemals." Sie griff in die andere Tasche ihres Rocks und übergab der Mutter noch ein kleines, klimperndes Säckchen. „Für Hans und Rita", murmelte sie.

Alma nahm das Säckchen an sich und verstaute es in ihrer eigenen Rocktasche. „Sie werden dir sehr dankbar ein", sagte sie. „Ihre drei Söhne sind kräftige Esser." Dann griff sie ihre Tochter unter. Sie blickte sie nicht an, drückte sie nur ein wenig.

Die beiden Frauen hoben nun ihren Kopf und atmeten tief ein. Dann strafften sie sich und setzten mit kräftigen Schritten ihren Spaziergang fort.

Der Schweinehirt und das Töpfermädchen

1. Kapitel

Mit gesenktem Haupte lief Prinz Friderik durch den strömenden Regen. Er drehte sich nicht um, wiewohl ihn die schluchzenden Laute der Prinzessin noch weithin begleiteten. Es rührte ihn nicht. Sein ganzes Herz hatte er der Kaisertochter geschenkt, doch sie hatte ihn und seine natürlichen Herzensgaben schnöde zurückgewiesen. Für immer dahin waren sie nun, seine wohlduftende Rose und der Vogel mit dem unvergleichlichen Gesang. Die Prinzessin hatte lieber einen Schweinehirten geküsst, für künstliche Machwerke, für flirrenden und klirrenden Tand.

Dort hinten an einer Tenne wartete sein Schimmel mit scharrenden Hufen. Friderik schwang sich auf seinen Rücken. Er ritt in sein Königreich zurück, wehrte die Anfragen der Dienerschaft mit einem müden Lächeln ab und begab sich in seine privaten Gemächer. Er zog sich trockene Gewänder an und ließ seinen vertrauten Diener zu sich kommen.

„Ich habe mich in ihr getäuscht, Leo. Sie ist meiner nicht wert", sagte er. „Ich bin nun fest entschlossen, mir eine Frau zu suchen, die das Natürliche ebenso liebt wie ich. Wo würdest du dich wohl hinbegeben, wenn du ein naturverbundenes, liebes Mädchen suchtest?"

„Aufs Land, mein König", war die prompte Antwort.

„Nun, so lass den Schimmel erneut satteln. Ich werde mich auf einen Landritt begeben."

2. Kapitel

Wie ein zitterndes Häufchen Elend stand Jasmina im Regen. Das Wasser lief ihr über Gesicht und Hals, zusammen mit ihren Tränen und der Schminke. Ihre Perücke hatte sich so vollgesogen, dass sie vom Kopf zu rutschten drohte. Die nassen Kleider zogen schwer an ihrem zarten Leib. Jasminas Blick irrte verzweifelt umher. Wo sollte sie sich nur hinwenden? Die Tore zu des Vaters Schloss waren geschlossen, die Wachen würdigten sie keines Blickes.

„Nein", murmelte sie kläglich, „er meinte es nicht so. Sicher wollte er mir nur eine Lehre erteilen." So gut sie es vermochte, raffte Jasmina ihr schweres Tuchzeug zusammen. Sie hob den Kopf, richtete Perücke und Krönchen, straffte ihre Gestalt und schritt auf das Schloss zu. Doch als sie ihm auf fünf Schritte nahekam, machten die Wachen einen Ausfallschritt, dass es klirrte und streckten ihr die Lanzen entgegen. Erschrocken blieb die Prinzessin stehen und blickte von einem der Männer zum anderen. Streng sahen sie geradeaus, doch in ihren Mundwinkeln vermeinte sie, ein hämisches Zucken zu vernehmen.

Jasminas Augen weiteten sich. Konnte der Kaiser wahrhaftig sein Kind verbannen? Nur, weil sie einen Schweinehirten geküsst hatte? Küsste er doch selbst gerne die Dienstmägde in der Gartenlaube! Jasmina senkte ihren Blick. Sie war nur ein Weib, und er der Kaiser. Was sich ihm geziemte, galt wohl für sie nicht. Langsam drehte sie sich um und ging davon.

3. Kapitel

Der Regen hatte nachgelassen und die Sonne die Wolken durchbrochen. Prinz Friderik ließ sein Ross laufen, immer der Nase nach.

Nach einer Weile führte ihn ein scharfer, würziger Geruch zu einer Wiese hin. Knechte und Mägde, wohl beim Heumachen vom Regen überrascht, luden ihr Gut auf Dreiböcke zum Trocknen. Friderik nahm die Verbeugungen und Ehrerbietungen mit einem Kopfnicken hin und sah dem Gesinde eine Weile zu. Sein Blick schweifte immer wieder hin zu einer hochgewachsenen Magd. ‚*Wie kraftvoll und scheinbar müh'los sie das schwere, regendurchtränkte Heu hebt*', dachte er. Wie sehnig ihre Arme waren, wie frisch ihr zart gerötetes Gesicht! Prinz Friderik winkte ihr, doch näherzutreten.

„Wie heißt du, mein schönes Kind?"

„Lena, mit Verlaub", antwortete die Magd und blickte ihm nach einem braven Knicks offen ins Gesicht.

„Ob du wohl abkömmlich bist für einen Lustwandel?" Friderik stieg ab und spazierte mit Lena zum Erstaunen des Gesindes die Wiese entlang.

Am nächsten Tag lud er sie ins Schloss ein und zeigte ihr die Züchtung seiner seltenen Pflanzen und Vögel. Die Magd überraschte und erfreute ihn durch ihr Interesse und sachverständiges Nachfragen. Am übernächsten Tag setze er sie auf ein Pferd und veranstaltete mit ihr eine Fuchsjagd. Wiederum erfreute sich der Prinz an dem Geschick und der Lebendigkeit der schönen Magd. Am dritten Tage wartete Friderik bei ihrem Vater auf und bat um Lenas Hand, die ihm mit freudiger Überraschung auf das Ergebenste gewährt wurde.

Man war sich darum einig, dass die Hochzeit in drei Monaten stattfinden würde. Bis dahin würde Lena, die sich sehr willig und gelehrig anstellte, der höfischen Gepflogenheiten kundig sein, und das Fest würde mit allem Pomp und Prunk vonstattengehen, wie es sich für einen König und seine Königin geziemte.

4. Kapitel

Die Prinzessin lief, bis sie an ein abgelegenes Gut gelangte. Der Hofherr staunte nicht wenig, als er sich nach dem Öffnen der Tür einer völlig durchnässten Prinzessin gegenübersah, mit verrutschter Perücke, schief sitzendem Krönchen und lehmverkrusteten Füßen.

Jasmina hatte sich auf ihrem langen Weg einen Spruch ersonnen: „Ich komme vom nachbarlichen Königreich zu einem Besuch beim kaiserlichen Hofe. Diebesgesindel hat meine Kutsche geraubt und meine Dienerschaft in Gefangenschaft genommen, als ich mir ein wenig abseits die Füße vertrat. Wenn die Räuber mich auffinden, werden sie noch Lösegeld verlangen. Helft mir, ihr guten Leute, unerkannt zum Schloss zu gelangen, wo der Kaiser mich in seine Obhut nehmen wird."

Rasch wurde man handelseinig. Der Bauer erhielt Geschmeide, Schmuck und das Krönchen der Prinzessin, sie nahm eine Bauerskluft, einen Brotsack und etliche Taler entgegen. Ansonsten wies sie jegliche Hilfe zurück, verabschiedete sich und wanderte weiter.

Nach drei Tagen gelangte Jasmina in ein Dorf, in dem sie sich bei einem Töpfer namens Gotthart verdingte. Dieser hatte Weib und Kind verloren und nahm es auf sich, das erstaunlich unkundige, aber willige Mädchen für Brot und eine Schlafstatt in Haushalt und Arbeit zu unterweisen. Und so erlernte die Prinzessin, das Essen zuzubereiten und die Hütte reinlich zu halten. Sie lernte auch, wie die Tonerde von Unreinheiten zu säubern war, wie die richtige Menge Wasser hinzuzufügen, der Lehm zu stampfen und zu formen und schließlich zu brennen war.

Gotthart war geduldig und gnädig mit dem Mädchen. Denn mit ihren feinsinnigen Händen formte sie zierliche, wohlgestaltete Ornamente an seinen Gefäßen. Außerdem stellte sich heraus, dass auch ihre Schönheit dazu beitrug, auf dem allwöchentlichen Markt einiges mehr an Waren zu veräußern, als es ihm sonst vergönnt war.

5. Kapitel

Als der Tag für die Hochzeit anberaumt wurde, ließ Prinz Friderik sein Pferd satteln. Im Nachbarland gab es wohl einen gemeinen Töpfer, der besonders schönes Geschirr feilbot. Nur das Beste sollte für sein Fest gut genug sein. Als Friderik am Marktplatz ankam, versorgte er sein Pferd und machte sich auf die Suche. Bald schon fiel sein Blick auf die wahrhaft schöne Ware, hinter der ein ebenso schönes Mädchen saß. Ihr Anblick rührte etwas in seinem Herzen an. Er näherte sich ihr und hub an, zu sprechen: „Ich sehe mit Wohlgefallen Eure schöne Ware, die es wohl wert ist, auf der Hochzeitstafel eines Königs zu stehen. Doch, mit Verlaub, auch Ihr selbst mutet mich vertraut an. Mir ist, als wärt Ihr mir schon einmal begegnet?"

Ein gewaltiges Herzklopfen ließ Jasminas Atem stocken, als sie den Prinzen erkannte. Und für seine Hochzeit wollte er ihre Ware erstehen! Mit Macht bezwang sie sich und antwortete: „Der Hohe Herr beglückt mein Herz, wenn er meine Ware für gut genug befindet, zur Schönheit und Pracht seines Festes beizutragen. Doch wenn Er noch niemals in unserem Dorfe war, bin ich Ihm auch noch nie begegnet."

Als Friderik die Stimme des Mädchens vernahm, erfasste er plötzlich, was in ihm vorging. „Ihr erinnert mich an jemanden. An eine Prinzessin, die ich einmal sehr wertschätzte."

Jasmina wusste, dass sie nun etwas Unverfängliches sagen sollte, doch sie konnte es nicht. „Der Durchlauchtigste Herr spricht in der Vergangenheit von der Prinzessin..."

„Ja", antwortete Friderik. „Sie war meiner nicht Wert."

Das Herz zog sich Jasmina zusammen. *Schweig stille nun*, dachte sie. Laut jedoch sagte sie : „Mag sich der Hohe Herr bei einem einfachen Dorfmädchen von dieser Sache erleichtern?" Sie biss sich auf die Lippen, doch sie konnte einfach nicht schweigen.

Prinz Friderik blickte auf das schöne Mädchen herab. „Nun, Ihr mögt Recht haben. Bald findet meine Vermählung statt und meine zukünftige Gemahlin sollte die alleinige Herrscherin meines Herzens sein. Möge also mein Bericht ihre Nebenbuhlerin endlich aus meinem Herzen vertreiben. So hört denn..."

6. Kapitel

Und so erzählte Prinz Friderik, wie er sich mit seinen Gaben zu des Kaisers Tochter aufmachte und sie ihr durch seine Boten antrug. Er berichtete, wie schnöd die Prinzessin diese abwies und wie sie lieber den Schweinehirten küsste, für albernes Spielzeug.

„Durchlauchtigster Herr, was tat die Besagte, als Euer Geschenk der wunderbaren Rose sie erreichte?", fragte Jasmina nach.

„Meine Boten berichteten mir, dass sie wohl Tränen vergoss", antwortete Friderik. „Eine Exaltiertheit oder Hysterie, wie man sie desöfteren bei hochherrschaftlichen Damen antrifft."

Jasminas Augen wurden dunkel, doch sie fragte weiter: „Was tat die Dame, als sie Eure Gabe des Vogels mit seinem unvergleichlichen Gesang erhielt?"

Frideriks Miene verdüsterte sich. „Sie ließ ihn fliegen. Ich werde ihn wohl niemals wiedersehen. Vermutlich hat ihn schon die Katze gefressen."

Mit unbewegter Miene sprach Jasmina weiter: „Doch an Euren Gaben als Schweinehirt erfreute sich die Prinzessin?"

„So sehr, dass sie ihm hundert Küsse schenkte", antwortete Friderik verdrossen. „Etwas weniger, denn seine Majestät, der Kaiser, unterbrach uns mit seinem Pantoffel auf unseren Köpfen."

Beim Sechsundachtzigsten, ich erinnere mich gut, dachte Jasmina traurig. Laut sprach sie: „Durchlauchtigster Herr, Ihr habt mir nun

Eure Sicht der Vorkommnisse dargelegt. Wenn Ihr es mir gestattet, teile ich Euch nun meine Ansicht mit."

„Nur zu." Friderik lächelte ein wenig. Die Unterhaltung mit diesem schönen Töpfersmädchen, die sich sonderbarerweise so gewählt ausdrücken konnte, schmerzte ihn. Doch er wusste von der reinigenden Wirkung des Aussprechens und ließ sie deshalb gewähren.

Jasmina hob nun die Hand. „Nehmt doch Platz, Hoher Herr, mein Bericht wird ein wenig Eurer Zeit in Anspruch nehmen."

7. Kapitel

Während Prinz Friderik einen der großen Krüge umstülpte und sich darauf niederließ, sammelte sich Jasmina. Sie würde ihm nun ihre Wahrheit mitteilen, sie musste es einfach tun. Jedoch durfte sie sich keineswegs verraten!

„Am Kaiserlichen Hofe wusste man schon bald nach der Geburt der Prinzessin, dass sie von anderem Schlage war", begann sie. „Ich weiß das, weil... meine Mutter eine ihrer Ammen war. Wir sind ja etwa in gleichem Alter, die Kaiserprinzessin und meine Wenigkeit. Schon als Säugling beruhigte sie sich eher an der frischen Luft im Garten als in den Armen ihrer Eltern. Als kleines Kind tobte sie lieber in der Natur als im Schlosse. Als junges Fräulein noch spielte sie lieber mit den Kindern der Bediensteten als sich mit der Hofetikette zu beschäftigen. Sie interessierte sich auch für das Technische und zerlegte sowohl etliche Uhren im Schloss als auch Geräte in Hof und Garten, um sich ihre Funktion anzueignen." Jasmina lächelte in der Erinnerung.

„Man munkelte, dass nicht nur der Kaiser den Zofen, sondern auch die Kaiserin den Gärtner- und Stallburschen recht zugetan war. Wie auch immer, als die Prinzessin ins heiratsfähige Alter kam, sorgten sich die Majestäten sehr um ihre Zukunft. Es wurde ihr eine strenge

Erziehung des Höfischen zuteil und man stellte sie unter dauerhafte Beobachtung. Zehn Hofdamen waren nun stets um sie. Die Prinzessin fügte sich, verlor jedoch nie ihre Liebe zur Natur und ihre freigeistige Gesinnung." Jasmina las im Antlitz des Prinzen, dass sie ihm eine ganz andere Person schilderte als er vermeinte, sie zu kennen.

„Nun komme ich zu den Ereignissen um Eure Durchlauchtigkeit", fuhr sie fort. „Als die Prinzessin Eure Rose erhielt, überwältigten sie deren Schönheit und Wohlgeruch derart, dass sie in Tränen ausbrach. Als sie den wundervollen Gesang Eures Vogels vernahm, schenkte sie ihm die von der Natur vorgesehene Freiheit. Und als sie den Schweinehirten küsste, war sie ihm zutiefst dankbar für die lustige Zerstreuung, die ihr Topf und Spieldose bereiteten, in ihrem mittlerweile öden und trübseligen Alltag der Hofzeremonie."

Prinz Friderik beschäftigte seine Hände mit einer Tonscherbe, während er dem Töpfermädchen zuhörte. Er schüttelte den Kopf. Jene, die sie ihm schilderte, war nicht die Person, die er zu kennen glaubte.

Bedeutsam sah Jasmina den Prinzen nun an. Jetzt würde sie ihm Schmerzen zufügen. Zu seinem Wohle, denn letztendlich befreite nur die Wahrheit. Die Lüge tröstete wohl, jedoch war sie nur... wie eine Schindel, die abdeckte und verbarg. Aber darunter faulte die Wunde weiter.

„Versteht, dass die Prinzessin ihre Rolle, die ihr zugeteilt wurde, ihren Eltern zuliebe wohl erfüllen wollte. Deshalb machte sie Lippenbekenntnisse, während in ihrem Inneren eine gänzlich andere Gesinnung herrschte. Die Wahrheit ist, Eure Durchlauchtigkeit: Was Ihr als Exaltiertheit angesichts Eurer Rose deutetet, war tiefe Gerührtheit. Was Ihr als Missachtung Eures Vogels ansaht, war Ehrerbietung. Und was ihr als Unreife auslegtet, als die Prinzessin den Schweinehirten küsste, war die Freiheit von Standesdünkel." Jasmina ließ ihre Worte sinken. Die Worte der Wahrheit über sie selbst. Dann straffte sie sich. Nun würde der Prinz noch eine Wahrheit über sich selbst erfahren.

„Die naturverbundene, ungekünstelte Frau, die Ihr suchtet, war da gewesen. Doch Ihr habt sie nicht erkannt. Ihr habt gesehen, was in Eurem eigenen Inneren zugegen war. Eure Sehnsucht nach Natürlichkeit entsprang Eurem eigenen Unvermögen, es in der rechten Art zu sein."

Der scharf eingezogene Atem des Prinzen teilte Jasmina mit, dass sie ihn mit ihren Worten getroffen hatte. Doch sie war noch nicht am Ende: „Wir sind stets richtig, da, wo wir sind. Durch die Hand dessen, der dies in seiner unendlichen Weisheit richtet. Doch oft erkennen wir es nicht. Der Schmerz, den wir dann durch andere verspüren, ist ein Fingerzeig, dass es hier etwas über uns zu erfahren gibt. Etwas zu lernen. So wir denn lernen und erfahren wollen."

Nach diesen Worten herrschte Stille. Nun atmete auch Jasmina tief aus. Es war alles gesagt.

Die Tonscherbe war Prinz Frideriks Händen entfallen. In seinem Inneren wütete ein heftiger Schmerz. Langsam hob sich sein Blick und traf auf die Augen der schönen, rätselhaften Frau, die ihm da gegenübersaß. „So wir es denn vermögen, zu lernen und zu erfahren", sagte er leise.

8. Kapitel

Prinz Friderik hatte seine aufrechte, königliche Haltung aufgegeben. Wie ein Bauernbursche hatte er die Unterarme auf seine Beine gelegt. Seine Hände hingen zu Boden, sein Kopf war gesenkt. Gedanken fielen in ihn ein wie ein fremdes Heer.

Er hatte die Natur immer geliebt, ja. Doch auf eine sehr eigensüchtige Art und Weise, das erkannte er nun. In Pferderennen, in der Jagd auf Wildschweine und Füchse, der Züchtung seltener Blumen und dem Halten exotischer Tiere. Wie gänzlich anders die Art der Prinzessin doch war! Die der Duft seiner Rose nicht stolz machte, sondern zu Tränen rührte. Die den Gesang seines Vogels nicht nur als brillant ansah, sondern als achtenswert, genug, ihm die Freiheit dafür zu schenken. Die keinen Ekel überwinden musste, als sie den Schweinehirten küsste, sondern ihn als ebenbürtigen Menschen ansah.

„Deshalb wies sie mich ab", flüsterte er versonnen. „Weil sie verspürte, wie eigensüchtig und prahlerisch ich war. Wie ich sie beindrucken wollte mit meinen außergewöhnlichen Gaben. Oh, wie dumm war ich nur, dies nicht zu bemerken!"

Prinz Friderik schüttelte den Kopf. Seine Gedanken wanderten nun zu seiner zukünftigen Frau. Sie hatte er nach seinem Sinne ausgesucht, sie war wie er. Sie hatten Vergnügen an denselben Dingen, sie würden eine gute Ehe führen. Doch wachsen und wahrhaftig werden würden sie miteinander wohl nicht.

Friderik schüttelte erneut den Kopf. Wer war nur dieses Mädchen, das das Innenleben der Prinzessin so genau kannte? Wer vermochte dies, außer die Prinzessin selbst? Prinz Friderik blickte auf. Doch der Platz neben ihm war nun leer.

9. Kapitel

Gotthart eilte zum Markt, so schnell er es vermochte. Man hatte ihm mitgeteilt, dass der Platz seiner Waren plötzlich verwaist war. Ein eiserner Ring legte sich um sein Herz. Was war mit dem Mädchen, das ihm ans Herz gewachsen war, geschehen? Er hatte doch schon Frau und Kind verloren! Konnte das Schicksal so grausam sein?

Prinz Friderik ging mit gesenktem Haupte zu seinem Ross zurück. Er strich ihm über die weichen Nüstern und blickte ihm in seine samtenen Augen. „Jaro", sprach er zu ihm, „ich sehe dich. Ich sehe dich zum ersten Mal." Dann stieg er auf und ritt davon.

Nur ihren Brotsack und ein paar Taler nahm Jasmina mit. Und die schwere Bürde, ihrem Lehrmeister und Freund einen grausamen Schmerz zuzufügen. Dann machte sie sich auf den Weg. Über ihrem Haupte sang ein Vogel. So unvergleichlich schön, dass es sie zu Tränen rührte.

Zur Erinnerung:

Rotkäppchen...
ging trotz der Mahnung ihrer Mutter im Wald vom Weg ab und pflückte Blumen. Sie traf auf den Wolf, der ihr den Weg zum Häuschen der Großmutter entlockte. Dort fraß er die alte Frau und wartete in ihren Kleidern auf das Mädchen. Rotkäppchen erkannte den Wolf nicht und er fraß auch sie auf. Doch ein Jäger in der Nähe hörte ein lautes Schnarchen. Er begab sich zum Häuschen und fand den verkleideten Wolf im Bett. Er schnitt ihm den Bauch auf und befreite das Mädchen und seine Großmutter.

Die Prinzessin auf der Erbse
An einem Regentag stand einmal vor den Toren eines Königsschlosses ein durchnässtes Mädchen. Es behauptete, eine Prinzessin zu sein. Um dies nachzuprüfen, legte die Königin zwanzig Matratzen und zwanzig Daunenbetten in die Schlafstätte des Mädchens. Und darunter eine Erbse. Am nächsten Tag klagte das Mädchen, wie schlecht sie geschlafen hätte. Ganz grün und blau wäre sie gedrückt von etwas Hartem in ihrem Bett! Daran erkannte die Königin, dass ihr seltsamer Gast eine wirkliche Prinzessin war und sie durfte den Königssohn heiraten.

Schneewittchen...
war ein so schönes Mädchen, dass ihre Stiefmutter neidisch auf sie wurde. Sie befahl ihrem Jäger, Schneewittchen zu töten. Doch dieser ließ das Mädchen laufen und sie fand Zuflucht bei den sieben Zwergen hinter den sieben Bergen. Die böse Stiefmutter wusste jedoch von ihrem magischen Spiegel, dass das Mädchen noch am Leben war. Sie verkleidete sich dreimal als Bauersfrau und schenkte Schneewittchen einen giftigen Kamm, ein Band zum Gürten und einen vergifteten Apfel. Zweimal konnten die Zwerge das Mädchen wieder

zum Leben erwecken, das dritte Mal jedoch nicht. Da legten sie es in einen gläsernen Sarg und trauerten. Ein Prinz ritt vorbei, dem gefiel Schneewittchen so sehr, dass er sie mitnahm. Als jedoch sein Pferd stolperte, fiel der Sarg zu Boden und der giftige Apfelbissen schoss aus dem Mund des Mädchens. Die beiden heirateten und luden die böse Stiefmutter zum Fest ein. Sie musste in glühenden Pantoffeln so lange tanzen, bis sie tot umfiel.

Brüderchen und Schwesterchen...
flohen vor ihrer bösen Stiefmutter in den Wald. Diese verzauberte alle Brunnen darin. Sie flüsterten: „Wer aus mir trinkt, der wird ein Tiger, ...ein Wolf, ...ein Reh!" Aus dem dritten trank das Brüderchen schließlich und ward ein Reh. Das Schwesterchen lebte nun mit dem Reh in einer Waldhütte. Eines Tages veranstaltete der König eine Jagd und das Rehlein wollte unbedingt dabei sein. Am dritten Tage wurde es verletzt und der König schlich ihm nach. Er verliebte sich in das Schwesterchen, nahm es zur Frau und sie bekamen ein Kind. Die böse Stiefmutter jedoch tötete die junge Königin und setzte ihre eigene Tochter an deren Stelle. Das Schwesterchen kam nun jeden Abend als Geist an das Bett ihres Kindes. Die Kammerfrau berichtete dem König davon und als dieser selbst am Kindsbett wachte, erkannte er seine Frau. Da wurde sie auf einen Schlag wieder lebendig. Die böse Stiefmutter und ihre Tochter aber wurden getötet. Da wurde auch aus dem Rehlein wieder ein Mensch.

Rapunzel
Ein Mann und eine Frau sollten nach langem Wünschen endlich ein kleines Mädchen empfangen. Da bekam die Frau große Gelüste auf die Rapunzeln im Garten der nachbarlichen Zauberin. Als ihr Mann immer wieder welche stahl, erwischte ihn die Zauberin dabei. Zur Vergeltung musste er ihr das Kind versprechen. Als es geboren ward, nannte sie es Rapunzel und verbannte es auf einen hohen Turm. Zu

diesem hatte man nur Zugang, wenn man an dem langen Haar des Mädchens hinauf kletterte. Eines Tages hörte ein Prinz Rapunzel singen. Er beobachtete die Zauberin und rief dann selbst: „Rapunzel, Rapunzel, lass mir dein Haar herunter!" Die beiden verliebten sich, doch die Zauberin entdeckte dies. Vor Zorn warf sie den Prinzen vom Turm herunter. Er fiel in eine Dornenhecke, die ihm die Augen zerstach. Rapunzel brachte sie eine Einöde. Dort gebar die junge Frau einen Jungen und ein Mägdelein. Der blinde, umherirrende Prinz gelangte eines Tages zufällig in die Einöde und hörte Rapunzel darin singen. Sie fanden sich wieder, und Rapunzels Tränen heilten die zerstochenen Augen des Prinzen. Schließlich fanden sie auch wieder zurück in sein Königreich und hielten Hochzeit.

Frau Holle
Eine Mutter ließ ihre Stieftochter am Brunnen so lange spinnen, bis ihre Finger blutig waren und die Spule beschmutzten. Als das Mädchen sie abwaschen wollte, fiel sie ins Wasser. Aus Angst vor der bösen Mutter sprang das Mädchen hinterher. Es gelangte auf eine Wiese mit einem Backofen, aus dem das Brot bat, es heraus zu holen. Auch ein Apfelbaum verlangte, dass das Mädchen seine reifen Äpfel herunterschüttelte. Schließlich kam es zu Frau Holle. Es verdingte sich bei ihr und tat brav alle Arbeiten im Haus. Doch es bekam Sehnsucht nach seinem Zuhause. Da führte es Frau Holle unter ein Tor und von diesem regnete es viele Goldstücke auf das Mädchen herab. Als es zuhause angekommen war, wollte die Stiefmutter diesen Segen auch für ihr leibliches Kind haben. Dieses Mädchen jedoch war faul. Es ließ Brot und Äpfel links liegen und machte auch bei Frau Holle seine Arbeit nicht richtig. Als es schließlich unter dem Torbogen stand, fiel statt Gold Pech herab. Es blieb ihr Leben lang an dem Mädchen hängen. Die beiden wurden nun Goldmarie und Pechmarie genannt.

Die kleine Meerjungfrau...
rettete einen Prinzen vor dem Ertrinken und verliebte sich in ihn. Die alte Meerhexe, bei der sie Rat suchte, nahm ihre schöne Stimme und gab ihr dafür Menschenbeine, die bei jedem Schritt schmerzten. Sie warnte jedoch: Sollte es der kleinen Meerjungfrau nicht gelingen, die Gemahlin des Prinzen zu werden, so würde sie zu Meerschaum werden. Der Prinz fand das schöne, stumme Mädchen und nahm es mit in sein Schloss. Er begann, es zu lieben, jedoch wie ein schönes Kind. Als es an der Zeit war, beschloss er, sich mit einer Anderen zu verheiraten. Die Schwestern der kleinen Meerjungfrau gaben ihr langes Haar dahin und erhielten dafür von der Meerhexe einen Dolch. Wenn die Schwester diesen in der Hochzeitsnacht ins Herz des Prinzen stäche, könnte sie wieder in ihr altes Leben zurückkehren. Doch die kleine Meerjungfrau brachte dies nicht übers Herz. Als die Sonne aufging, wurde sie aber nicht zu Meerschaum, sondern zu einem Luftgeist. Durch gute Taten kann sie sich nun eine unsterbliche Seele verdienen.

Das tapfere Schneiderlein...
erschlug einmal sieben Fliegen auf seinem Brot von Mus. Daraufhin stickte es auf seinen Gürtel „Siebene auf einen Streich" und zog in die Welt hinaus. Alle sollten erfahren, was für ein Kerl in ihm steckte! Listig und frohgemut besiegte er tatsächlich eine ganze Bande von Riesen. Schließlich verdingte er sich beim König als Soldat. Da versagte dessen gesamtes Heer den Dienst; neben so einem Kriegshelden könnten sie nicht bestehen. Der König sann darauf, den Helden wieder loszuwerden und schickte ihn gegen Riesen, ein Einhorn und einen wilden Eber zu Felde. Doch das Schneiderlein besiegte alle. Da bekam er die Tochter des Königs zur Frau und das halbe Königreich dazu. Die Prinzessin bemerkte jedoch, mit wem sie da verheiratet war, als ihr Gemahl in der Nacht von Wams, Hosen, Elle und vom Flicken träumte. Der König plante daraufhin, das Schneiderlein

heimlich zu binden und mit einem Schiff weit weg zu bringen. Ein Diener verriet dies jedoch. In der folgenden Nacht erzählte das Schneiderlein nicht mehr vom Flicken, sondern zählte auf, wen er schon alles besiegt hatte. Und vor den Schergen vor seiner Tür wäre ihm auch nicht bange! Die bekamen nun Angst und liefen davon. Das Schneiderlein aber durfte nun die Prinzessin und das halbe Königreich behalten.

Hans im Glück
Für sieben Jahre gute Arbeit erhielt Hans von seinem Dienstherrn einen Goldklumpen so groß wie sein Kopf. Auf seinem Weg nach Hause begegneten ihm viele Menschen. Alle besaßen etwas, das Hans begehrenswert erschien. So tauschte er seinen Goldklumpen gegen ein Pferd, das Pferd gegen eine Kuh, diese gegen ein Schwein... Er tauschte solange, bis er nur noch ein paar Schleifsteine besaß. Als er seinen Durst an einem Brunnen stillen wollte, legte er die Schleifsteine dort ab. Beim Bücken aber fielen die Steine in den Brunnen hinein. Hans besaß nun nichts mehr, doch er dankte Gott dafür, dass dieser ihn von den schweren Steinen befreit hatte. Frohen Mutes und leichten Schrittes lief er nun seinem Zuhause und seiner Mutter entgegen.

Aschenputtel
Die Stiefmutter und die beiden Stiefschwestern ließen Aschenputtel alle Arbeiten im Hause verrichten und taten ihr so manches Herzeleid an. Auch an dem Ball des Prinzen sollte sie nur teilnehmen dürfen, wenn sie rechtzeitig eine Schüssel voll Linsen aus der Asche lesen würde. Viele Tauben und andere Vögelein halfen ihr, doch sie durfte dennoch nicht gehen. Am Grab ihrer Mutter schenkte ihr aber ein Vöglein auf dem Haselstrauch ein wunderschönes Ballkleid. Auf dem Ball verliebte sich der Prinz in sie, Aschenputtel aber entsprang ihm zu drei Malen. Dabei verlor sie einen ihrer zarten, gläsernen

Ballschuhe. Der Prinz ließ alle Mädchen diesen Schuh anprobieren und hoffte, seine Angebetete so zu finden. Die bösen Stiefschwestern hackten sich für den kleinen Schuh sogar Zehen und die Ferse ab, doch die Tauben verrieten dem Prinzen den Betrug. Schließlich fand er sein Aschenputtel doch noch und die Stiefschwestern wurden grausam bestraft. Auf der Hochzeit von Aschenputtel und dem Prinzen pickten ihnen die Tauben beide Augen aus.

Dornröschen
Als das Königspaar endlich ein Töchterchen bekam, wurden zwölf weise Frauen zum Tauffeste eingeladen. Sie sollten das Mädchen mit ihren Gaben beglücken. Für die dreizehnte Fee hatte man keinen goldenen Teller mehr gehabt. Sie erschien trotzdem und weissagte zornig, dass sich das Mädchen an ihrem fünfzehnten Geburtstag an einer Spindel stechen und tot umfallen würde. Die zwölfte Fee konnte diese Verwünschung noch zu einem hundertjährigen Schlaf mildern. Und es geschah, wie vorhergesagt. Das ganze Schloss, mitsamt dem flackernden Feuer und dem brutzelnden Braten fiel am fünfzehnten Geburtstag des Mädchens in einen tiefen Schlaf. Eine undurchdringliche Dornenhecke wuchs um das Schloss und es entstand im ganzen Land die Mär von dem schlafenden Dornröschen. Viele Prinzen versuchten ihr Glück, mussten jedoch in den Dornen ersticken. Hundert Jahre später aber gelang es einem Prinzen, Dornröschen mit seinem Kuss aus dem Schlaf zu erwecken. Auch das Schloss erwachte wieder zum Leben. Das Feuer begann wieder zu flackern, der Braten zu brutzeln und es wurde ein prächtiges Hochzeitsfest gefeiert.

Hänsel und Gretel
In der Familie herrschte Schmalhans als Küchenmeister, deshalb wurden die beiden Kinder Hänsel und Gretel tief in den Wald geführt. Sie sollten nie mehr nach Hause finden. Zweimal gelang es

Hänsel aber doch, beim dritten Male pickten die Vögel seine auf den Weg gestreuten Brotbröckchen auf. Da gelangten die Kinder im tiefen Wald an ein buntes Lebkuchenhaus, in dem eine alte Frau wohnte. Sie gab den beiden zunächst allerlei gutes Essen. Doch dann steckte sie Hänsel in einen Käfig und mästete ihn. Wenn er fett geworden wäre, wollte sie ihn braten und essen. Gretel musste alle Hausarbeiten verrichten. Als die alte Hexe den Ofen für Hänsel anschürte, befahl sie Gretel, hineinzuklettern und zu prüfen, ob er schon heiß genug wäre. Doch das Mädchen bemerkte, dass auch sie gebraten werden sollte und stellte sich dumm. Sie ließ es sich von der Hexe zeigen, und als diese selbst in den Ofen kletterte, gab sie ihr einen kräftigen Schubs. Die Hexe musste jämmerlich verbrennen. Hänsel und Gretel fanden wieder nach Hause, bepackt mit den Schätzen der Hexe. Von nun an waren sie reich bis an ihr Lebensende.

Der Froschkönig...
holte einer Prinzessin ihre goldene Kugel vom Grund eines tiefen Brunnens herauf. Doch ihr Versprechen, ihn dafür als Gefährten anzusehen, vergaß sie nur zu gerne. Da klopfte der Frosch an das Tor des Königsschlosses, erheischte Einlass und erzählte ihrem Vater davon. Der König gemahnte seine Tochter, ihr Versprechen einzuhalten. Sie musste den Frosch nun auf den Tisch heben, ihn von ihrem goldenen Tellerlein essen und aus ihrem goldenen Becherlein trinken lassen. Und ihn mit in ihr seidenes Bettchen nehmen. Dies war ihr jedoch so zuwider, dass sie den Frosch nahm und ihn an die Wand warf. Als er wieder herunterfiel, verwandelte er sich in einen Prinzen und sie feierten Hochzeit. Heinrich, der Diener des Prinzen, hatte aus Gram über die schreckliche Verwandlung seines Herrn drei eiserne Bande um sein Herz legen lassen. Nun freute er sich so sehr über dessen Erlösung, dass die eisernen Bande von seinem Herzen absprangen.

Tischlein deck dich, Goldesel und Knüppel aus dem Sack
Ein Schneider jagte seine drei Söhne davon, weil sie vermeintlich seine Ziege nicht richtig gefüttert hatten. Dabei hatte das heimtückische Vieh ihn schamlos belogen. Die drei Brüder aber verdingten sich nun als Handwerker. Der erste bekam als Lohn für seine Dienste einen Tisch, der sich selbst mit den leckersten Gerichten deckte. Doch der junge Mann verlor ihn an einen betrügerischen Wirt, bei dem er auf seinem Heimweg Rast gemacht hatte und der den Tisch heimlich mit einem gewöhnlichen vertauscht hatte. Nicht anders erging es dem zweiten Bruder, dessen Gold speiender Esel ebenfalls vom dem Wirt gestohlen wurde. Der Vater und die Verwandtschaft waren sehr enttäuscht, als die angeblichen Wunderdinge der beiden zurückgekehrten Söhne nicht taten, was so wunderbar angekündigt worden war. Der dritte Bruder aber hatte von dem Betrug erfahren. Er hatte von seinem Dienstherrn einen Knüppel in einem Sack bekommen. Den ließ er so lange auf dem Rücken des diebischen Wirts tanzen, bis dieser das echte Tischlein-deck-dich und den Goldesel wieder herausrückte. Nun konnte die Verwandtschaft doch noch ein prächtiges Fest feiern und der alte Schneider verschloss Elle, Zwirn und Nadel in einer Schublade. Die heimtückische Ziege aber wurde davongejagt.

Die Sterntaler
Ein armes Mädchen, ein Waisenkind, besaß bald nichts mehr als seine Kleider auf dem Leib und ein Stückchen Brot in seiner Hand. Da wanderte es voller Gottvertrauen in die Welt hinaus. Es begegnete ihm ein Mann, der hungrig war und das Mädchen schenkte ihm sein Stücklein Brot. Auch seine Mütze, sein Leibchen, ja sogar sein Röcklein gab es her und schließlich auch noch sein Hemdchen. Da besaß es gar nichts mehr und ging in den Wald. Als es dunkel wurde, fielen aber die Sterne vom Himmel und waren harte, blanke Taler. Das

Mädchen hatte nun auch wieder ein Hemdchen an, in das die Taler hineinfielen. Nun war es reich für sein Lebtag.

Der Eisenhans
Alle Jäger des Königs verschwanden im Wald in einem tiefen Pfuhl. Es stellte sich schließlich heraus, dass ein wilder Mann sie zu sich auf den Grund des Pfuhls hinabzog. Der Mann war braun wie Eisen und hatte Haare bis zu den Knien. Der Pfuhl wurde ausgeschöpft und der wilde Mann in einen Käfig gesperrt. Eines Tages geschah es, dass der goldene Ball des kleinen Prinzen in den Käfig rollte. Der wilde Mann gab ihn erst heraus, als der Junge ihm den Schlüssel zu seinem Käfig brachte. Der kleine Prinz hatte Angst vor den Schlägen seines Vaters, also nahm ihn der wilde Mann mit. Er hieß den Jungen, auf seinen goldenen Brunnen aufzupassen, damit nichts hinein fiel. Doch dem Jungen widerfuhr es, dass einmal sein Finger und einmal ein Haar in den Brunnen geriet. Als er schließlich sein ganzes Kopfhaar eintauchte und es ganz golden wurde, schickte ihn der wilde Mann in die Welt hinaus. Doch wenn der Junge „Eisenhans" rief, eilte dieser ihm stets zu Hilfe. Der Prinz mit den goldenen Haaren musste viele Abenteuer bestehen, oft musste ihm auch der Eisenhans beistehen. Als er sich jedoch vielfach bewährt hatte, durfte der Prinz die Tochter eines Königs heiraten. Zur Hochzeit kamen aber nicht nur seine Eltern, die sehr froh über das Wiedersehen waren, es tauchte auch ein stolzer, fremder König auf. Es war Eisenhans, der in den wilden Mann verwandelt war und nun vom Prinzen mit den goldenen Haaren erlöst worden war.

Rumpelstilzchen
Ein Müller prahlte einmal vor seinem König, er hätte eine Tochter, die Stroh zu Gold spinnen könnte. Der König setzte sie in eine Kammer voll Stroh und drohte ihr mit dem Tod, wenn sie das Versprochene nicht leisten würde. Als die junge Frau klagte und weinte, er-

schien ein Männchen und spann für sie das Stroh zu Gold. Es verlangte jedoch einen Preis dafür und erhielt ihr Halsband. Der gierige König jedoch befahl eine weitere Goldkammer und dieses Mal bekam das Männchen den Ring der Müllerstochter. Als der König ein drittes Mal das Goldspinnen befahl, sagte er der jungen Frau die Heirat mit ihm zu. Doch diese hatte nichts mehr, das sie dem Männchen hätte schenken können und so musste sie ihm in ihrer Not ihr erstes Kind versprechen. Als es soweit war, dass sie ihr Kind hergeben sollte, war sie so unglücklich darüber, dass das Männchen innehielt. Sie sollte ihr Kind behalten, wenn sie binnen drei Tagen seinen Namen herausfinden würde. Am letzten Tage berichtete ihr ein Bote, dass das Männchen Rumpelstilzchen hieß. Das Männchen aber war so zornig darüber, dass die junge Königin nun seinen Namen wusste, dass es sich selbst in der Mitte auseinander riss.

Der Schweinehirt
Ein Prinz verliebte sich in die Tochter des Kaisers. Er schickte ihr eine seltene, himmlisch duftende Rose und einen wundervoll singenden Vogel. Doch die Prinzessin wies seine Gaben zurück, da sie ihr zu natürlich waren. Da verkleidete sich der Prinz und verdingte sich als Schweinehirt bei dem Kaiser. Er stellte allerlei künstliches Spielzeug her und verlangte, dass die Prinzessin ihn dafür küsste. Sie zierte sich zunächst ein wenig, hieß dann aber ihre Hofdamen einen Kreis bilden und begann, den Schweinehirten zu küssen. Der Kaiser aber bemerkte den Tumult am Schweinekoben und schlich sich hinzu. Als er gewahr wurde, dass seine Tochter mit einem Schweinehirten turtelte, zog er empört seinen Pantoffel aus und schlug auf die beiden ein. Dann verwies er sie des Palastes. Der Schweinehirt offenbarte sich der Kaisertochter als Prinz und schalt sie für ihre Unreife. Dann ging er davon. Der Himmel öffnete seine Schleusen und die Prinzessin stand nun ganz alleine im Regen da.

Ein dickes Dankeschön

fürs Gegenlesen, Cover gestalten, Zuhören, Input geben, Mut machen, und auf welche Art auch immer ihr mir zur Seite steht:

Lisa und Yona, Annette und Norbert, Ralph, Pia und Simon, Peter, Kathrin, Geli und ganz besonders meinem Autoren-Kollegen Thomas Gengler alias Jonas Phillips. Der einen so ganz anderen Geschmack als ich hat und der es sich trotzdem immer wieder antut, meine Werke gegenzulesen. Vielen, lieben Dank an euch!

Sylvi

Die Autorin

Sylvi Amthor lebt in einem kleinen Dorf in Unterfranken. Sie ist Jahrgang 1963; äußerlich, innerlich wechselt das gerne mal. Ihre Brotjobs im Laufe der Jahre: Erzieherin, Bürogehilfin, Auffüllerin im Supermarkt, Altenbetreuerin, Heimarbeiterin. Doch sie hat noch mehr Fähigkeiten: sie ist sehr talentiert im Tagträumen, eine fanatische Häkelblumenherstellerin und äußerst kunstfertig im Aufschieben von Haushaltsarbeiten.

Sylvi Amthor packt alles, was ihr im Leben so begegnet, in Geschichten, Märchen, Gedichte, Szenen und Romane. Einige Geschichten und Satiren hat sie in Anthologien veröffentlicht. Sie schreibt quer Beet; arg Unschickliches oder Autobiographisches unter einem Pseudonym. In ihrer Planung befinden sich etwa ein Terroristenthriller, eine Sammlung von Satiren und Glossen und ein Bericht über ihre Erfahrungen als Erzieherin. Und die Fortsetzung ihres ersten Romans, indem der kreuzbrave Professor Nessel ein unglaubliches Abenteuer erlebt.

Sylvi Amthors Roman-Debut:

Professor Nessel und seine seltsame Begegnung mit Hans Hobel Hinkebein

Eigentlich möchte Professor Nessel auf einer verwilderten Wiese nur seine geliebten Brennnesseln erforschen. Doch plötzlich versteht er die Sprache der Tiere. Er gewinnt viele tierische Freunde, aber gerät mit ihnen in ein gefährliches Abenteuer: die böse Madame Meduse will die ganze Menschheit in ihre Gewalt bringen. Doch sie hat nicht mit dem Kampfgeist, dem Mut und der Zähigkeit der Tiere gerechnet.

Eine spannende und lustige Geschichte für Jung und Alt.